你在

暗中

守護我

翁禎翊——著

目次

輯二 成為法律人之前

輯三 整個宇宙的寂寞

輯四 你在暗中守護我

推薦序

衛星的光

謝凱特（作家）

影集《絕命律師》（Better Call Saul）有一幕在我腦海中打轉甚久：被哥哥查克設計而失去律師身分的主角吉米，在一場恢復律師資格的聽證會上，吉米自陳沒有準備任何聲明或懺悔的稿件，反而拿出一封查克過世前所寫下的信，信中訴及兄弟之情是如何深厚，而後又如何相愛相殺的過程。讀到一半，吉米哽咽不語，突然意識到再也沒有辦法讀下去，對庭上的幾位委員說這是屬於他跟哥哥之間最珍貴的事物，不該另作他用、以此做為滔滔雄辯、打動人心只為取回律師身分的工具。「我成為律師是因為我哥哥查克，可是我沒有像他那樣聰明、那樣受人尊敬，我永遠沒有辦法像他那樣好，但我可以試，如果我恢復律師資格，我會以我們兄弟的麥吉爾之姓，重建律師界的名聲。」

聽完這樣的陳述，在場所有人（包括螢幕外追劇的我）莫不眼眶泛淚，步出庭外的吉米讚嘆自己的演說技巧了得，方才的深切全部拋諸腦後。當然，他如願取回律師資格，同時也向辦事人員要了一份改名申請書，該改自己的姓名，成為劇名的「Saul Goodman」。

許多人看到這一幕必然傻眼，就如同吉米的伴侶金在一旁的表情從喜悅掉到錯愕而不知所以，評論吉米在會議上看似真摯但句句都是演技了得的違心之論。然而，我總有一點點困惑於這麼決絕的論斷：兄弟之情，愛妒之恨，這些都是真實存在的，若問吉米在讀查克的信件之際是否想到了什麼而在心裡激起漣漪，肯定是有的。

文字話語幾分假幾分真，動用真情，目的未必是情感本身。寫與不寫？為何而寫？這是身為寫作者如我看到這個片段後對文學最深的反省。然而在法庭上，一個人說了什麼？沒說的是什麼？辨明話語裡的真偽，接著忖度這麼說的理由又是什麼？那又是一場關於訴說之中真實與虛構的論證，但如禎翊自己所說：「每一個當事人來到法庭，可能只跟我們說幾十分鐘的話，但這短短的時間，都是我們心自問，我有多在乎他們的人生。」

「在乎」二字說來容易，其實非常困難。禎翊每一次面對的，都是帶著過去而來，此刻與他錯身，又要把現在帶到未來的每一個他們。

如此看來，《你在暗中守護我》是一本「他者之書」，散文裡的「我」是一個在乎這些他者的守望者：我觀測、我記錄、並回頭校準自己觀看人生的角度和座標。

善於捕捉人際在關鍵一瞬交會，如星體軌跡重合而燦爛一刻，此後或許黯淡、偏離軌跡、不見蹤影。或者星與星之間再度靠近，彼此輝映，看出變化，禎翊的寫作特色和觀察一直都是細微而明亮的。而且幾次和禎翊見面，交換生活近況，也不難猜測他因為法律人生涯而在寫作這件事情上走進下一個「感光」的階段。這次像是從星群當中往後退了一排，變成一顆衛星的位置，反射他者之光。

他者是散文的下一個核心，意味著世界並不只充滿了主觀的我。

從前作《行星燦爛的時候》到本作《你在暗中守護我》，那份年輕未定義、充滿可能的氣味和稜角少了一點，取而代之的是矛盾、反覆、不那麼言之鑿鑿。我數度在行文間讀到深沉低吟的句子、對生命剛硬的提問給予猶疑的回答，不外也是一種溫柔。

我們可以在輯一「日光節約時間」得知那些曾經出現過的人們，再度被作者回望、回傳光年以外的消息；在輯二「成為法律人之前」讀到案例的單純對比現場人心的複雜不可探；在輯三「整個宇宙的寂寞」裡那些傷逝和追憶開始有了重量，嗅到半熟大人的氣韻；在輯四「你在暗中守護我」看見的，卻是因為世事難全，因此有了為他人著想體貼的心。文字裡的他者多了一點，敘述者我的眷戀、傾慕、愛憎少了一點，這裡的「少」並非減損文字質地和韻味，反而是種不容易的節制與拿捏，呈現的是作者如何在與其他人之間因緣際會、交換人生時，他專心看顧並反映繁星的光面與暗面。

我想起卡夫卡小說《在律法門前》寫的是法律之門看似為向人開啟，從中透出永不熄滅的光芒，實則層層廳堂和守衛拒人於門外。也許，法並不在門內，法律就是那扇門，法律人遂是那守衛，守衛一念之間決定門外之人將在門外傻傻苦候一份公平義理，或是在此門之外有轉圜之處。然而禎翊是說故事能手，小說的手法建構在散文本就澄澈訴說的風格基底，感性的觸角讓本來是非分明的律法多了一隅餘地。那就是我所認知（但沒有真的跟他說過）的他：一個「理性的emo仔」——本質還是傷感的，也自知容易傷感，偏要以理智為韁繩；但也因為容易傷感，容易同情，所以寫得出〈大麻少年〉、〈最嚴厲的處罰〉、〈如果沒有你，我不會成為夠好的法官〉，以及〈我在暗中守護你〉這些得其情且哀矜的文字。在法的門外，他給予這些一面之緣的他者最後一次送別，希望彼此轉身之後，能在各自的宇宙安好，不再相見。

然而，每當我讀到書中某些句子時，我都不免想著，這不單單是敘事，也是在他凝視敘事之後所捕捉到或體悟到的，那更深層的，共通的隱喻：

「有些人得到尊敬，是因為身上那件袍子。也有些人，是因為脫下袍子以後，有一顆願意為另一個人想更多、想更遠的心。」

「記得每個走進你法庭的人。」

「你們和我交換了人生。」

推薦序
三段人生

張瑜鳳（法官、「章魚法官來說法」專欄作者）

法律人喜歡用「三段論法」來審論案件。

所謂三段論法，簡單地講，首先要找到法規範的內容，作為大前提，再將要解決或發生的具體社會事實，當作小前提，透過理性邏輯地分析，二者是否相符，這個過程稱為「涵攝」，進而推出結論。

也就是說，如果發生殺人案件，法律人的頭腦馬上就搜尋到刑法第二百七十一條：「殺人者，處死刑、無期徒刑或十年以上有期徒刑。」然後再看看具體的社會事實是什麼？此時當然不僅僅是八卦媒體搶先報導的殺人犯與被害人間的愛恨情仇、刀槍凶器何處去購買、屍體藏棄何處等等，而是應該要納入法條所要評價的具體社會事實。涵攝的過程中，將各種構成要件一一切片、解析、整合。然後，得出結論：殺人罪是否成立。

記得民法泰斗王澤鑑老師曾經說過：在法條與事實之間來回巡視，這個涵攝過程，一定要謹守在規範目的裡。

這種三段論述，深植於法律人的腦海，無論是考試用來解析題目，或者是面對真實案件，幾乎已經是下意識的反應。尤其是寫慣判決的法官，幾乎就把「三段論法」用在判決格式的基礎上。因為判決是由「主文、事實與理由」三部分所構成，或短短幾頁、或數十公分厚的判決書，記載著都是真實的人生，以及在法官腦海中涵攝的結果。

謹慎、精確、妥適且規矩的判決文字，是我們對於法律的尊重，也是遵守職業道德的基本底線。禎翊雖然年輕，正式披上藍袍的時間不久，但我每每在他的文章（以及判決）中，看到了在涵攝過程中滲出的溫暖人性。禎翊那顆跳動的心，慧黠的眼，敏感又細膩的個性，在我第一次閱讀他的文章時，忍不住心想：「哎，要珍重自己啊！」這樣把他人的故事置入自己的感性地帶，那些無奈又令人遺憾的思緒震盪，會讓人打從心底發寒。就像在蓊鬱森林中，必須常常讓陽光透入才行。

但我多慮了。

從《行星燦爛的時候》到《你在暗中守護我》，禎翊記得每一個走入他生命的人。他企圖謹慎冷靜地觀看旁人的故事，卻又入世共感地讓每一道感情河流暢行，他勇敢，他自制，他提問，他擬答。對於與他人並行的路程，每一個關鍵的細微片刻，珍惜且永誌於心。對於法庭上的當事人，他希望越界犯錯的他們不再回眸，雖說是告別各自珍重，但其實每一個踏入法庭的生命，始終牽繫著法官藍袍下的心。

在法臺上坐著，不知不覺我也經歷了三十年的光陰。在每一個案件中，原告帶著他的故事進來，被告也奮力答辯出他的委屈，當我們看似在制高點，冷靜理性的用三段論法審視，其實，我們也被納入了他們的人生。當我們來回聆聽雙方的敘述，試圖歸納雙方的爭點，找出適合解決爭議的方法時，難道出了法庭之後，就再也互不相干？

法庭上運轉，你的、他的、我的，三段人生，如果沒有好好的謹守法律的份際，這樣高速且壓力爆表的運作，真的會腐蝕了法治的理想初衷，也就是，人們總覺得看見的都是「恐龍法官」，當事人雙方也可能會因誤解而偏執地唾棄法律。然而，失序的制度以及對正義的扭曲想像，危害社會的後座力，豈是我們要留給子孫的社會制度？

禎翊很用心，一開始就提醒自己，這件法袍不僅是他人尊重你的原因，法袍下的那顆心，才是法律規範涵攝的真正出發點。他一直很戒慎自己會在某天麻痺了，擔心自己沒有同理的溫度感，將別人的善意與尊重視為理所當然。幸運的他在實踐法律的過程中，始終有恩師為伴，引領前行，但法律系的學生來來去去有幾何？多少人真正能在下課的暮色中，細細回想並珍惜師長同學的一點點慈悲與恩惠？禎翊的特別，就在於願意謙卑且樂於學習，敢於承認自己的不足與脆弱。

身為資深學姐的我，很想跟禎翊說的是，你放心吧！當初行星般的少年，雖然靠著別人反射的光線而溫暖，現在的你已經是個不容忽視的發光體，只要你從心底深處，對於公理正義目的地的渴望仍在，既使僅是守住自己微小的燭光，在與他人的真誠互動中，必能反射出溫暖的光芒。

你終究會成為一顆守護他人的恆星。

輯一——日光節約時間

午後包廂

分開數年以後，我想說最後一個與包廂有關的故事。

我和她在新加坡一起去唱過ＫＴＶ。那天下午下著很大的雨，她說：好無聊喔，不然，我請你唱歌。於是我們離開明亮的百貨公司，雙手遮住東南亞的午後雷陣雨，奔跑穿過馬路，來到隔壁很舊的商業大樓。

和臺北不一樣，那裡的ＫＴＶ就僅只窩身在某一層樓裡。大門推開進去，只有幾盞快要沒電、很虛弱的日光燈，櫃檯格局像是堆積了很多雜物的辦公室，旁邊飲水機也是辦公室那一種，偶而由下而上冒出咕嚕咕嚕的泡泡。

我們穿越了陰暗而潮濕的走廊，被帶進了包廂。老闆（對，沒有其他服務生）問我們要喝紅茶、綠茶，還是奶茶，沒其他選擇了，想當然是早餐店能夠喝到，很廉價的那種口味。包廂是磨石子地板，沙發許多地方皮革已經脫落，露出碎屑狀的海綿。不過除此之外，空間是很大的，螢幕旁邊則是唯一和臺北相同的地方：一樣有個小小的舞臺，有一支直立的麥克風。

老闆關上日光燈、靠上門，計時就開始了。那是二〇一八年，當時二十二歲的我和二十四歲的她，我們瘋狂點了一堆國小時代、國中時代的流行歌。不能說的秘密。雨愛。私奔到月球。背叛。江南。珊瑚海。螢幕流出的光在漆黑之中，挖鑿出一段立體而朦朧的河道，而我們被圈在河道裡；脫下鞋，踩在沙發上又跳又叫，喉嚨的聲音、笑的聲音，都像是燙上了隱隱發亮的浮水印。整身都是永恆一般的波光流影。

四個小時的時間，兩個人到最後都累了。我們坐著，放著音樂，不再有其他聲音。我在臺北唱的每一次ＫＴＶ，大家都會算好時間，最後一分鐘切歌換上古巨基的《情歌王》，把快樂再延長十二分鐘，可是在新加坡那一天，是唯一一次時間還沒到，我們就決定提早離開。

然後，我就再也沒去過那間老舊，時光感年代感很重的ＫＴＶ了。所有曾經快樂的浮水印，在說了再見以後，都會轉換成傷心的。當時有多快樂，後來就會有多傷心。我有好長一段時間完全不想答應任何唱歌的邀約，理由不在於害怕觸景傷情，而是：我不想要自己很喜歡、也很真心的部分，被新的記憶覆蓋。

其實她和我說過：「你不應該和我混在一起的。」你應該要回到你原本的人生，以你的條件，回到普通人的世界，到三十歲的時候，一定能夠過上非常好的生活。和我在這裡只會有很多不快樂。

那是在緩緩上升的電扶梯上，我仰著頭，看著站在上面一階的她。平靜而安詳的她。到底是什麼原因，是年齡、背景，還是其他，隱隱知道答案，但我不介意。可是只有我不介意是沒用的。電扶梯快要到了，她靠向了我，用雙手挽住我的脖子和我說：會有很多人喜歡你的。

我說的是真的。

現在是、以後也是。

電扶梯到了另一層樓，也就會像是我們到了另一個年紀。我四捨五入也要三十歲了，很快就會來到她說的，覺得我會過上非常好的生活的時間點。我不知道自己真正到了三十歲後會是什麼樣子，但是知道我、我們的生活都已經離當時很遙遠，遠到難以辨識，然後偶而會懷疑到底是真實還是夢境的那種程度。

沒有再見過面的一年後，我曾經又訂了機票，打算要一個人去新加坡，把我們以前一起去過的地方，一個人再安靜地去一遍。為了避免自己太難過，我還同時買了周杰倫巡迴演唱會新加坡站的門票。結果，疫情忽然就爆發了，二〇二〇年的年初，機票門票都只好退掉。以為日子很快會恢復，結果從那之後，大多的我們好幾年間，再也不敢奢望出國離開臺灣。

那好像是一個轉折點，即便計畫中、想像中的告別之旅沒有成行，但我還是確信自己就要離開了某個記憶的包廂。疫情最初發生的某個平日下午，我的高中同學瑞環忽然在群組裡問道，有沒有人現在、立刻可以和他去唱日卡。群組沒有人理他，他對我傳來了私訊，想要叫我出現。看著手機猶豫一陣，忽然像是下定了什麼決心，我和他說：傳地址過來，我現在移動。

日語卡拉OK位在長安東路上，在一棟商業大樓裡。地點、裝潢、擺設……，幾乎全都和我在新加坡所看到的一樣。整個下午只有我們兩個人的KTV，瑞環拿到了麥克風馬上就脫掉鞋子，踩踩跳跳站在沙發上。忽然，老闆送飲料走了進來，瑞環愣住停下了動作，走下沙發，直和老闆說：すみません すみません……。

微弱的光影之中，老闆的表情不置可否。我本來整個人縮在角落點歌，不想開口，可是看到了這一切突然有種想哭的衝動。但我沒有哭出來。螢幕流出的光再一次經過我。我知道自己等一下馬上也就能夠脫掉鞋，然後嘶聲力竭地一起踩在沙發上。這個我已經不是當時包廂裡的那個我了，即使兩個地方那麼相像。

即使曾經那麼傷心。直到現在，我都還是會偶而想起新加坡包廂的那個下午，想起一件小小的荒謬的事，然後自己因此笑出來。那間KTV播放的伴唱帶都是正版的MV，不過MV上面同時寫著：僅限臺澎金馬地區放映。而MV裡的周杰倫唱著二〇〇〇年代出頭最好的高音和旋律。那是回不到過去的他。也還有回不到過去的我。天黑以後離開有年代感的KTV，我們的某些事就像一格一格的錄影帶膠卷，永遠存放在包廂的映像管裡。

日光節約時間

「支持一支弱隊，從來不是一件容易的事。」

「我們把心留下來交給這些選手，是因為我們都相信奇蹟出現的時候，就是最美的瞬間。」

「雖然奇蹟今年沒有出現，也很可能不是明年，甚至可能永遠不會出現。但我們會等，我覺得這就是愛。」

這是二〇一九年《英雄聯盟》世界大賽中，臺灣代表隊J Team被淘汰時，賽評在轉播臺臺最後說出的話。在YouTube上，這個片段被播放了二十五萬次，主播當時泣不成聲，導播趕緊把畫面切換成比賽精華，獨留賽評一人撐場。賽評安撫著主播，和他說：「沒事的、沒事的」，彷彿也在和所有半夜犧牲睡眠收看比賽的觀眾說話。

我是一個不打線上遊戲的人，對電競的世界一無所知，但演算法推薦了這支影片給我。看似有點突兀，可是並非不能理解——轉播臺上那位穿著西裝，講評很堅定、喊話又很溫柔，然後能夠一句話穿透傷心、也穿透遺憾的賽評，叫作Nash。正是我的高中同班同學Nash。

我在二〇一一年九月進了建中，在這間學校裡，我遇到太多特別的人，特別到過去自我認同的重要價值：分數、成績、排名，完全被摧毀。或者說，完全被我自行拋棄。常常有這種感覺：我和某些人生活在同一個空間，和他們一起上課吵吵鬧鬧、下課吃飯打球，但我們根本不是同一個時區的人。我們像是來到一座盛夏的海邊，沒有人約束我們，每一個人都可以自由留下痕跡、做自己喜歡的事、努力成為自己想要的模樣；可是，你就是會在某些時刻，在與那個他、或者那個他……擦身而過時，意識到，他們的時間已經調快了一小時，或者甚至更多。

他們看得比你遠、想得比你多，從未來回到此刻一樣，在逆光的視野裡，粼粼發亮。Nash在我心裡就是這樣的人。我們高二開始同班，他是吉他社[1]的副社長，自彈自唱時，我們當時都覺得像盧廣仲。此外，二〇一二年，他主導了班上兩件大事，一個是英文話劇比賽，一個是校慶繞場遊行。當別班的話劇比賽都在唱唱跳跳、男扮女裝的時候，我們班演出了媒體報導的搶案是怎麼樣扭曲事實、影響閱聽人；當別班校慶遊行奇裝異服、宛若嘉年華的時候，我們班高舉看板海報，大聲呼喊「反對媒體壟斷」。

這兩件事都寫在了我的第一本書裡面，叫作〈聽我們說話的人〉。那篇文章在出版前從來沒有公開，書出版以後，最多人詢問的就是：好想認識Nash，他後來做了什麼？

現在來公布正解：Nash在二〇一四年和我一樣，從建中畢業、然後進了臺大。他唸歷史系，四年後，二〇一八年成為了《英雄聯盟》的職業賽評。到目

1 實際名稱為「建中民謠吉他社」。

前為止，他已經是電競圈內的ＫＯＬ，臉書粉絲專頁的每一篇貼文幾乎都有人轉發到ptt，而且一面倒地都是好評。做為一個生理男性，卻能夠在一個以男生為主的圈子獲得廣大的認同甚至喜歡，是一件非常厲害的事。

來到二〇二一年，已經二十五歲、距離高中將近十年的我們，約了一起在百無聊賴的過年期間吃火鍋。許久不見，我把自己的書遞給Nash，和他說，你還記得你是全班第一個知道我得到林榮三文學獎的人嗎？高三的那天早上，你在ptt棒球版看見有人分享了〈指叉球〉，然後在早自習大叫：靠這真的是你喔？

我繼續和他說，那個時候我就希望有一天可以出書，成為真正的作家。只是我走了一個很保守、很保守，風險很低的路線；唸法律這件事讓我有穩定的收入，符合大人們的期待，也能養活自己喜歡的事情。當看到把興趣認真當成職業的人，心底那種敬佩不是簡單能夠形容的，同時，也感覺自己很膽小。因為那是十七、十八歲的我想要選擇、卻沒有勇氣承擔的人生。

「我覺得當賽評這件事，就是很喜歡、很喜歡打線上遊戲的小男生，雖然不夠頂尖成為職業選手，但最後還是能夠靠這件事吃飯，挺夢幻的。」我和Nash說。但Nash在蒸氣不斷冒起的另一端回應道，某程度上，他還是把賽評當成純粹的職業，而不是夢想。「我只是唸到大四，覺得要找個工作，所以去報名了Garena[2]的徵選。後來錄取了，就進來了這個圈圈。」他說。我有點詫異，畢竟這聽起來實在太平淡了。可是當他繼續開始介紹電競職業聯賽的制度，然後和我說自己如何評估能不能在這個圈子生存、什麼時候確信自己比其他人更適合這份工作……，連串的話語裡，馬上又意識到：Nash一直都還是十七歲讓我嚮往的模樣。

十七歲的Nash就已經是個講話非常有魅力的人。所謂「有魅力」是指：聽這個人講話時，你就會忽然進到他的世界裡，忽然和他一樣，對正在談論的那件事擁有同等的敬慎和虔誠。那種時候，你會也想要說些什麼、表達內心的感受，但也同時發現：自己無論說什麼，都不會比他來得更好。自己永遠不可能

2 世界上最大的遊戲代理商之一，《英雄聯盟》即為該公司獨家代理營運的線上遊戲。

成為他。

我像是回到高中的教室一樣。我很認真地問Nash：那你高中的時候有想過自己變成現在這樣嗎？他害羞地應道：沒啦、沒啦，當然沒有；接著放下了筷子，很慎重地和我說，其實高中的自己很自卑。我也放下了筷子。雙眼直直盯著他。

格子襯衫、圓細框眼鏡、覆蓋住額頭的瀏海。然後稍稍低頭看了桌子下，是顏色過飽和的長襪。這基本上就是他高中以來的打扮，也是我現在最常見的模樣。我和他說，高中的時候我也不知道自己會來到這一天。那個時候雖然想過出書，但能不能達成、達成後會如何，並不確定、也無從想像。現在書真的出版了，得到很多講話的機會，卻一直覺得自己在學你。

而我沒說的是：除了說話，連穿著打扮也多少是偷學來的，我們都有著高瘦偏弱的身材。至於開始寫作，很大一部分就是看到了當時已經在臺上發光的人。還記得我們一群人一起去看你吉他社的成發嗎……。

Nash在這個地方打斷了我。他說，雖然知道那是自己的一部分，但還是很想要和吉他社的「那個男生」切割。「回想起來，我彈吉他只是為了社交，和真正玩音樂的人距離很遙遠。」他和我說，心裡真正羨慕而且佩服的人是有創作才華的人。畢業後上大學，和玩音樂的那群人合租了房子，每天聚在一起，卻不斷看到自己什麼都沒有，自卑感越來越強烈。

於是他反問了我：在你心目中什麼是真正好的創作？我還來不及回答，他又繼續說，那樣的自卑感和焦慮沒有地方宣洩，最後投射在最親近的人身上，投射了在當時的戀人身上。結果，帶給彼此很大的誤解、傷害，或者負擔。

「是刻骨銘心的戀愛。大學都和她一起度過了。現在分開了都還是會想到自己的不好、不斷在反省自己。」

「我雖然沒有想過自己變成現在這樣，但也不能完全說是意料之外。」

「我們或許和國中以前的自己完全不一樣，但高中以後遇到的所有事，多多少少都帶給了此刻影響。」

「我的工作其實就是溝通。轉播就是在和你喜歡的事、還有和你可能會喜歡的很多人溝通。我常常在想一個問題：人有可能不靠語言理解彼此嗎？而這種時候就會想到離開的她，想說對不起、偶而掉一點眼淚。」

我是認真的。Nash停下來前最後這樣說。他坐正了上半身，看了看四周。這天剛好是情人節，來到店裡吃晚餐的大多是慶祝的情侶，一時間，歡樂嘈雜的背景音帶給了我們這裡強烈的抽離感。

緩和一下氣氛，我半開玩笑地和他說：年紀和我們差不多的人講到戀愛，多少都在思考存錢啊、結婚啊……這些問題了吧，結果我們還在講戀愛教會了自己什麼事。Nash想了一下說，對欸。可是，雖然覺得這樣的自己膽小，但另一方面來說，也很真誠。

他接著和我說，其實最近離開賽評的工作了。新工作是職業電競隊的教練，和選手一起過著集體住宿練習的生活。我問：是被挖角嗎？他搖了搖頭，說薪水甚至比以前更少，「可是還過得下去啦。」

「這樣你現在講話的對象其實大多都是比自己小很多的人？」

「沒錯。」Nash說，「那些十七、十八歲成為職業選手的男生，很多天生就是天才，沒什麼努力，就打進了整個伺服器前五十、一百名。可是來到這裡，他們要面對的是世界前三的韓國人、中國人，那種挫折和自我質疑之大……。」

「所以放棄的人很多嗎？」我好奇地問。

「多啊，很多。所以除了技術，我一直在想要怎麼讓他們知道：就算都是輸，可是曾經想過要贏、但最後輸了，和從頭到尾都害怕會輸，是完全不一樣的。前面那種會讓我很激動。也是我還在當賽評的時候，想告訴觀眾的事。」

「但其實我也不確定自己十七、十八歲的時候能不能明白啦……。」Nash說，我跟著點點頭。而此時服務生來到了桌邊，和我們說不好意思、用餐時間到了。站起身，Nash問了我：你抽菸嗎？

平常不抽，不過現在可以。我和他說。兩個人走出了百貨公司，站在市府轉運站前，點起了零碎的星火。

「剛入行時看到這個行業萎縮，難免抱怨體制不健全、抱怨投入的人力和資源變少。後來慢慢接受了這件事，就會開始想：要怎麼用自己的能力，帶來一點貢獻。」

「所以才會決定辭職。我現在其實想得很簡單——如果能夠幫助臺灣再得到一次世界冠軍，或許就會有更多人願意支持這件事。」

捻熄菸蒂前，Nash 講了關於自己的最後一件事。然後他抱了抱我，說下次見啦，你去受訓加油。

愈走愈遠的他。今年夏天結束以後就要去受訓成為公務員、變得再平凡不過的我。我想到畢業旅行的第二個晚上，墾丁的飯店大廣場舉辦著營火晚會。晚會不斷唱跳喊口號，又白癡又無聊，Nash 提議，去游泳吧。

我們一群人於是偷偷溜走，去換了泳褲，來到空無一人的泳池。喧鬧在很遠的地方，滿天星斗卻離我們都很近很近，海的聲音也是。幾個人陸續跳了下去，Nash 在水裡轉聲大喊：「幹好冷、快下來！」

那是二〇一三年的四月初。我深吸一口氣，縱身一躍，夏天就要來了。

雨聲

北緯二十二點九八度的安平海埔新生地，終於在進入冬天以後，下了第一場雨。

但雨其實很些微、很細微，傍晚走出辦公室，幾乎感受不到，只是覺得空氣裡略略有水氣。不過進到車裡以後，關上門，突然之間，就變得很明顯。

雨並沒有變大。我所謂的「明顯」是指，雨用聲音證明了自己存在。

那是金屬和玻璃被細細敲擊的聲音，密集卻輕盈，一瞬間會覺得自己所身處的空間陷入了抱枕或懶骨頭之類的東西，先是貼合，然後再完整地包覆。我在這樣的聲音裡插入車鑰匙卻捨不得轉動，深怕引擎聲會把一切蓋過去。

那明明是從小在臺北很熟悉的，下雨的其中一種聲音。大概是十年前的這個時候，我和傳翔會在放學後走一公里的路，到國家圖書館唸書。國圖旁邊沒有任何店家，我們日復一日吃著圖書館裡的7-ELEVEN微波食品當晚餐。沒有下雨的時候兩個人會坐在外頭的臺階上，可是大多數濕冷的日子，只能站在玻璃自動門邊。

怕擋到路、怕被警衛趕走，怕讀書時間不夠，所以吃完的時候，都在塑膠餐盒還來不及變得不再燙手之前。同時間雨在下降著。圖書館很安靜，雨打在落地窗上、打在無障礙通道的鐵欄杆上，很清楚。

傳翔那個時候就立志要唸法律系了，但我沒有。可是我也沒有失去目標，因為想像著以後的生活，一定會比當時此刻來得好。期待感讓自己能夠接受每天十分鐘內吃完超商食品的生活。只是十年後在做法律工作的人只有我。傳翔確實唸了法律系，但在大四放棄考律師，去唸社會學研究所。我打從心底佩服這樣的人。那樣有勇氣背叛法律這條路，還有辜負十七歲的自己但不辜負現在的人。

最近一次見到傳翔是在我來到臺南實習前，偶然在師大夜市遇到，他和我說他也找到新工作了，有空我們再連絡。

雨聲漸漸轉小。我在橘色的黃昏裡拿出手機搜尋日落時間，這天臺北比臺南早十分鐘。一時之間很想知道，自己和傳翔、和十七歲的自己，是不是除了這十分鐘，剩下都還依舊相同。

首爾晚安

我在一個很冷的冬天第一次見到了高先生。高先生是Irene的男友，Irene是我的大學同學。那是在臺北的餐酒館，在韓國唸書的她放寒假，帶著他一起回來臺灣。那個晚上我們見到好久不見的Irene，一群人聊得很開心；高先生聽不懂中文，大可低頭滑自己的手機，可是他選擇了很認真地聽每一個人說話，很真誠地看著每一雙自己還陌生的眼睛。

隔一年的夏天，我在首爾真正認識了高先生。女生們走在前頭逛街，挑衣服、挑鞋子，我們兩個人就跟在後面，用英文聊天。他和我講當兵、講自己的爸媽，還有講大學唸什麼、畢業後要做什麼，同時反覆關心著：來韓國住得好嗎、吃的習慣嗎。我覺得自己就是從那個時候下定決心要學韓文的。

我很喜歡高先生某些細微的小動作。比如說：一個人忽然走到服飾店的角落，把手機高舉對著音響，試圖想要辨識出正在播放的歌曲。又比如說：迅速穿過地鐵改札口，然後捧起老舊的單眼相機，瞇著眼，默默拍下在人群裡的我們。這些瞬間都感覺像是文藝電影的分鏡。電影裡的男生或女生都用自己的方式在愛著這個世界和身旁的人。

在首爾最後倒數的晚上，高先生突然和我說，想要請大家喝酒。我還沒反應過來，他就轉身進了便利商店，然後抱了幾罐啤酒結帳。我們一起坐在東大門設計廣場的露天座位，舉起鋁罐撞擊的剎那，有爵士樂的音符遠遠傳來，發現了自己正被溫柔的照明包圍。好像我們誰都坐在世界正中心。

海洋調香

灰銀色休旅車沿著靠海的公路行駛了不知道多久的時間，然後轉速漸漸下降，直到引擎完全不再有震動或聲音。姜森拉起手煞車，推開門，而我們可能是在後座或者副駕駛座，在薄片般一片片陷入冷房的熱風裡，甦醒過來。醒來以後便是海的味道與海的明亮。

「海的明亮」在這裡並不是視覺的形容詞。有些時候海的遼闊還有海的包容也都不是。隨著年紀漸長，腦袋像是一塊儲存愈來愈多資料的硬碟，某些畫面或場景再怎麼熟悉，就是會忽然想不起寫入的時間和出處。可是氣味不一樣。氣味是我們每個人長大後學會使用的Control加F鍵，即便只是破碎又枝微的成分，一旦鍵入，都能夠精準找回曾經進到我們世界、使我們因而缺憾或完整的事和人。

不論那些缺憾是不是後來變得完整，完整是不是變得缺憾。

姜森是我的學生時代極少數就擁有車子的人，雖然是他們家將要淘汰的十多年老車，但光是車子能載著一群人、能夠遮陽避雨本身，對於姜森身邊的朋友包含我在內，就是一件十足珍貴的事。我們高中就認識了，上大學以後兩個人共有了許多對話群組，群組裡有些朋友重疊，有些沒有；不過不管是哪個對話框，最讓人興奮也期待的就是姜森留下了言，確定了時間地點，和大家說我們準時上車、準時發車。

我們集合上車的地點從大學時代的社科院圖書館、法學院十字路口、公館捷運站……，慢慢變成某個人上班的地方，或者我們每一個人各自家門巷子前。一起出去玩的事由也從單純下午天氣好、不想上課，變成誰失了戀、誰辭了職、誰將要出國不會再出現在彼此的生活。

姜森開車陪著大家從一個階段到達下一個階段，我也幾乎每次都在車上。

我可以說是最常搭上他車子的人了。而我們的目的地無一例外，就是海邊。和平島。望幽谷。金山。鼻頭角。九份。淺水灣。對我來說海的味道或者海的明亮，不只是潮濕略鹹的那種氣息，還有姜森車上的味道。海洋調的淡香，在車門車窗外的熱風吹進來後，開始蒸散揮發，真正成為字面意義上的海洋。味道裡有金屬質地的堅硬、踏實，卻也有浪沫質地的包覆與漸次消散。

據說海洋調香水的主要成分是西瓜酮，是輝瑞公司（沒錯就是BNT疫苗的那個輝瑞）在一九六〇年代研發平價鎮定劑時意外合成出來的化學物。現在大多香水公司的網站是這樣介紹海洋調或者西瓜酮的：捕捉水元素的爽朗，讓人聯想到沙灘與度假的歡愉，具有海洋的清新與力量……。

簡而言之，海洋調香的由來和海洋沒有任何關係，氣味的意義從來都是與某些時刻、某些在乎、某些慎重有了連結，然後才被人所賦予。如果沒有姜森這個朋友，海的明亮、海的遼闊、海的包容，都不會成為嗅覺的形容詞。那樣的味道給了我一個明確的訊號：我們會五、六個人包裹好各自的心事，上車，來到離煩惱有段距離的地方，流一些汗，在海平面前共享足夠的笑容後，願意沒有害怕地把眼淚也拿出來。

離開學生生活以後會懷念的朋友是這樣的：當你站到岔路口的時候，會充分分析利害關係給你聽，但最後卻又不問一切地盲目支持你的決定。姜森便是這樣的人。他的車、車子帶來的味道也都是因為有他這個人，才被賦予了意義。他其實高中唸的是數理資優班，大學則是非常厲害的理工科系，和坐上車的我們任何一個人都不一樣；而他也真的憑著和我們不同的世界（可能還有不同的智商），告訴過我被人誤會或被討厭了該怎麼辦，告訴過我無法兼顧身邊所有的事該怎麼辦……，把當年每一個十九、二十歲的男生女生帶到了很遠的地方。然後下了車，發現他一直都在你身旁。

我其實一直沒有問姜森他車上的氣味是怎麼來的，也沒有問過他本人用的是什麼香水。所謂的海洋調香，不過是後來在機場免稅店的香水專櫃意外得知。可是不重要，我後來一直慣用的香水就是差不多類似的味道。我希望那樣海的明亮、海的包容讓我在往後遇到的所有人面前，都變成姜森那樣的人。或許沒辦法那麼睿智，但至少能夠和他一樣爽朗而遼闊——姜森作為開車的人，從來沒有和我們收過停車費和油錢。而且，他會在回程的路上，把車上的每個人都送到家門口。就算一整天很累了又會繞遠路也都一樣。

姜森的車最後在他出國攻讀博士學位前賣掉了，他自己在出售的貼文寫著：賣車還有無數回憶。那好像宣告某段時光的不再復返，還有每個人都有自己的人生，有聚合，也就會有就地解散。在臺南地院，天氣好時，從走廊的落地窗就能遠遠看見平靜無波的海。實習開完庭的黃昏或者週末加班的午後，我習慣就站在窗邊，單單往最遠的地方看著。同時間明白，此刻海的味道已經不再。

美麗的消耗

離開臺北生活愈久，愈多臺北的事物在腦中變得陌生。而且是那種小時候愈習以為常的東西，感受起來就愈疏遠。比如說捷運，又比如說拓寬的人行道，比如通宵的誠品書店，還有過了晚上十點依然明亮如晝的忠孝敦化和市政府。

距離帶來了美感。常常睡覺前，躺在床上，就會想到臺北的大家。想知道大家生活好不好、工作好不好，一切都好還是不好。然後也想起來自己還是學生的時候。好多年前了，那個春天，這個世界上還沒有疫情這個東西，Enya忽然一時興起，就把我們帶去臺南一日遊。一群不用上班、還沒開始上班的人。我們早上吃完牛肉湯，中午就遇到了非常大、大到整個讓人困住的雨，雨停之前遇到了食尚玩家，全身濕淋淋的，可是還被製片組央求入鏡，一起set了一段很白痴的採訪。

雨停之後，往海邊的路明朗又遼闊。下午在漁光島待了一陣，等到天完全黑，把Sophia送去臺南火車站搭車，然後剩下的人再去吃晚餐，慢慢移動回高鐵站。發現回程的高鐵訂太晚了，所以中途停下來，在夜裡安靜地只有光、只有樹的奇美博物館前，拍下很多照。

現在我想不起來那天一日遊吃的所有東西了，不過不重要，臺南就是一個弄丟了一間好吃的店，還是有無數好吃的店的地方，一點也不會心疼。剩下最有印象的大概是離開漁光島趕去臺南火車站的那一路，傍晚塞了車，很擔心Sophia趕不上預訂的列車，一路上有點緊張，但反而是她一直安撫我們，和我們說對不起、帶來麻煩了。

這是我在臺北遇到的、認識的、重要的人們。然後從漁光島去火車站的路，就是實習的時候，我從法院來回宿舍一定會經過的路。旅行裡不重要的片段，在多年後成為日常的一部分，那就很像巨大的樂高由一群人一起完成，只有自己默默知道親手放上的究竟是哪一塊，然後因此獲得全世界只有自己明白的滿足。孤單可是快樂。

以前會說「回」臺北，其他地方則是「去」；現在則不管是臺北或臺南，我都會用上「回」這個動詞。這個工作付出的其中一項交換或許就在於：去下一個地方、再下一個地方，然後不斷建立讓自己一個人能夠好好生活下去的連結、記憶，還有動力。學生時候玩在一起的大家都正在和我一樣，變成下個樣子。閉上眼，希望你們遠遠的都好。即便沒有見到，可是想到的都是你們帶來的好，以及美麗的時間消耗。

國道之夜

現在我想起那一天，都還是有這種感覺：這個世界上，只剩下了我們兩個人。

那是下著雨的高速公路上，沉沉入夜，み坐在我身旁，儀表板的指針穩穩貼附在速限邊緣，我沒什麼空理她，但我知道她很開心地在和我說話。我覺得那每句話、每個字，串在一起，就像車道無止境延伸的反光標記一樣，美麗又連綿、相似但從不相同的光。

那一天本來要去高美濕地，但整個午後臺中海線都在下雨，沒有成行。最後只好找了個高樓的咖啡廳待著，看風景，看夜景，直到天完全黑。很要好的朋友和我說過，帶自己喜歡的人去高美，如果是長頭髮的女生，記得問她要不要考慮綁包包頭，「她不會希望自己被風吹到很醜很醜」；還有，讓她走在前面，叫她，她回頭的時候整個人襯著夕陽，你會有種衝動想和人家度過一生……。

十年後的此刻再想起當時這些念頭，不免覺得荒謬。衝動所帶來的承諾通常不甚可靠、不能長久，甚至可能是不幸的源頭。但不能否認的是，不同的年紀，心裡都有一個唯一的人。光是想著要一起去哪裡、要一起吃什麼，就感覺到幸福的人。み在我二十歲的夏天，稱職地扮演了這個角色。即便後來我們沒有在一起，說好要去看的海終究沒有變成我們的海，說好要去看的星星就永遠只會是我的星星，我也沒有任何埋怨。因為是她讓我成為一個完整的人，有經歷過殘缺、可惜、或者遺憾，才會是真正的完整。

我在多年後的夏天尾聲，第一次真正抵達了高美濕地，旅伴是我的高中同學們。我們訂的民宿在苗栗，高美日落以後天黑得很快，回程的高速公路，會開車的幾個人都說他們不敢開。我最後把鑰匙拿走，坐上了駕駛座，有點塞車，車上的大家各自靠著窗戶淺淺睡去。入夜以後有細細的雨降下。一瞬間，我覺得好像回去了和み的那一天，上交流道前，她是這樣叫住了我：「你看！最前面！」最前面是整片展開的燈火。

高美濕地在清水。國道三號清水到龍井是夜景最美的一段路。當匝道口的綠燈亮了起來，我用力踩下油門，眼前安靜而燦爛燈火感覺更近、更近了一點——雖然它們始終是在遠處。盆地與遠方海線的稜角崎嶇，在暗夜裡是看不出來的。就算有傷心也有眼淚，可是我後來還記得的都是快樂的。從前的時光此刻遠遠看去，已無凹凸起伏，只留漫天火光滿坑滿谷。

天黑

親愛的我想和你說一件沒和別人說過，不知道能不能算是小事的事。

那是那一天，在天黑飄著雨的北宜公路上，我坐在副駕駛座時，忽然想到我媽和我說過的一件事。內容大概是這樣的：在她和我爸交往時，一次兩個人出遊，回程的路上，車子的輪胎就卡在山路邊坡的排水溝裡。開車的人是我爸。受困的位置是在當時的臺北縣，或許，很可能就是我們那個晚上開車經過的某個地方。

故事就只有這樣。從那樣極為片段的情節裡可以推論兩件事：第一，我媽和我爸交往了十個月就結了婚，結婚後三年生了我，所以車子困在路邊時，她和我現在的年齡大概相同。第二，既然年齡和我現在相同，代表已經在工作，兩人交往的時間又如此短，那麼一起出遊的機會一定是非常、非常珍貴的。

而她在那樣珍貴的時間裡遇到那樣倒楣的事。

更珍貴的是，回想起來，我媽是笑著和我說這些的。甜甜地笑，不是挖苦任何人的那種。

我一直沒有和我爸求證這件事。坐在副駕駛座的時候，我輕輕和你說了很多開車的小技巧，其中一個便是車身可以盡量靠中線，如果對向沒車的話，這樣可以避開排水溝。這是我和你一樣剛拿到駕照沒多久時，我爸最常和我說的話。

我媽說她不記得當時他們怎麼脫困的了，可是我偶而會想像，那一天二十六歲的她和帶著自己來到深山裡的男生，熄了火、下了車，站在天色漸暗的山路旁。她後來還是決定和那個男生結婚了。也因為結婚，所以人生往後有更多進退兩難和身不由己。

那個晚上你把車開回市區以後我和你說了很棒。但其實最想說的是謝謝。謝謝你從我手中拿走鑰匙、坐上了駕駛座。我想和我媽一樣，不論以後發生什麼事都會感謝身邊的人，感謝他把我帶到這裡，把我帶到自己未曾抵達的地方。

輯二——成為法律人之前

懂得害怕

唸法律系的學生會是在什麼時刻，開始認定自己是法律人？

現在要我回答這個問題，答案肯定不是大一。

我大一唸的不是法律系，但在那一年就修完了憲法、民法總則、民法債編總論一[3]，這是臺大法律一年級全部的必修課。然後就在那個暑假，用平均七十分的轉系考成績，轉進了法律系。錄取分數只需要二十九。

3 民法債編總論在臺大法律分成一和二，一是契約債務，二是法定債務。法定債務包含無因管理、侵權行為、不當得利。

可是也是在同一個暑假，我做了一件幾乎所有唸法律、懂法律的人，一輩子都不可能做的事。

我和原本系上要好的一群人去了花蓮，下了火車拎著行李來到民宿。民宿老闆很熱情地推薦我們可以去哪裡玩、吃什麼東西，然後問了我們，在這裡打算怎麼移動。我們和老闆說，我們剛好五個人，想要租車。

老闆聽到後說，他有認識的租車行，可以算我們優惠，接著立刻就拿起電話熟練按了一串號碼，很快接通也很快就掛下。還沒等我們表示意見，老闆便抬起頭來說，車子預約好了，現在就可以帶你們去領車。

老闆開著廂型車把我們帶到了租車行。車行顯然不是連鎖租車業者那種室內明亮、業務員穿著制服、訓練有素介紹方案及車款的模樣。那裡的櫃檯，看起來就是把自家一樓改裝而成，旁邊牛皮沙發脫了皮，天花板日光燈管不太亮。要給我們租的車，已經停在車行他們家前面的水泥廣場。

五個人裡面當時有駕照的只有我，所以我當然成為了承租人，進到屋內坐在櫃檯前簽約。簽約過程沒什麼特別，是一張定型化契約，櫃檯的人冷冷地說這裡打勾、那裡簽名，接著他們也蓋章。以為可以領鑰匙領車了，但櫃檯的人從抽屜拿出一疊本票，撕了一張，要我簽下去。數字寫的是肆拾萬。

我警覺地問了一下，一定要簽嗎？對方沒有表情，就是點頭。我問為什麼，他說怕我把車子拿去賣掉，他們要保障自己。

我不敢抬起頭，就只是盯著票上的一字一句。那是我這輩子第一次租車。我不知道是不是所有車行都這樣，只想到民宿老闆在一旁殷切等著我，偶而和車行的人閒聊，語氣隨時好像都會急轉直下。另外四個人站在外面車子旁，並不曉得裡面發生了什麼事，可是我能夠想見，盛夏正午的太陽，曬久了一定很熱。

我於是就把自己的名字簽下去了。

法律只學了一點點，拒絕則完全沒學會。

多年後我成為有律師資格的人，坐在臺大法律學分班的教室裡當強制執行法的助教，我的教授總會在第一堂課和選修的各路社會人士半正經、半玩笑地說：「本票很可怕，那個可怕之處不只在於可以強制執行你，票如果流出去，那你根本求助無門，無論如何都得先付錢。」

「你說你可以打確認本票債權不存在之訴？對啊，你打啊，等你打贏你也沒錢了。」

「不信的話，你回去就叫你老公或你老婆，簽一張本票給你當生日禮物，跑一次流程你就懂了。」

唸完法律系大一的學生或許隱約知道這些，但還不知道背後的一切。可能連網友們都還更清楚本票到底哪裡可怕——那趟花蓮之旅後，我在ptt的租車版發現，網友們自發性整理了全臺需要簽本票才能租車的車行，然後口耳相傳地互相提醒：「不想租車變買車，請避開這些店家」。

我到底從什麼時刻開始，才稱得上法律人的？保守一點，或許是大三吧。大三最重要的必修課是民事訴訟法，至少要學了這個東西，才會知道，如果真要打確認本票債權不存在之訴，訴狀到底該怎麼寫、要寫些什麼。

當然這是開玩笑的。因為我也沒有答案。有時候覺得自己到了大四準備國家考試，把所有沒學好、沒學過的東西補起來，才讓我真的進到法律的世界裡。可是有時候又覺得，法律系大二排了將近四十學分的必修課，期末考抱佛腳抱到幾乎像是住在圖書館，就已經有了法律人粗淺的輪廓或模樣。

而有時候，還是真的堅信，一切的開始是大三的民事訴訟法。我想說的不是這門課的內容有多高深，而是這門課在臺大法律有多奇妙。奇妙到，我曾經和直屬學弟這樣開玩笑：如果你在路上遇到自稱也唸臺大法律系而想要和你拉近關係的人，你就問他民事訴訟法這堂課到底發生了什麼事。他如果回答不出來，那他就是騙你的。

以上都是後話，往後有很多機會慢慢再說。我偶而還是會想到大一暑假的那張本票，我在回臺北的火車上，小心翼翼地把它撕成碎片，然後丟進清潔員推過來的垃圾桶。想到那時我不懂法律、也還不懂害怕，可是車行好像也是如此。世界有險惡的地方，可是我也有我的誤打誤撞。

我在那時候只有十九歲。那張本票，是一張無效的本票[4]。

---

4 從二〇二三年一月一日開始，十八歲就屬於成年了。也就是說滿十八歲簽的本票，就不會有年齡無效的問題，但在此前十九歲仍屬未成年。

感到後悔

教授縮減了期中考範圍，讓身為助教的我在考前最後一次的課輔時間，多出了大概半小時。我把這半小時的時間，拿來教大家寫考卷。是寫考卷不是解題，所以在黑板上近乎逐字逐句地、一口氣寫下了我的答案。一時間，整間教室就只剩下粉筆一筆一畫「喀、喀、喀」的聲音，偶而抬起頭望向身後，日光燈成片成片落下。好安靜。好像一卷膠卷在誰的雙手之間緩緩拉動著，然後此刻我們是被剪下、獨立出來的那一格。

這是大一必修課，回想起我的大學生活，一直到三年級修完所有的必修課，從來沒有人告訴我該怎麼寫考卷，怎麼應付申論題、實例題。可是在那樣的情況下，我和身邊的大家還是經過了無數的期中考和期末考。每一次考試，我們其實都是虛張聲勢、裝模作樣吧。偶然撿到一張紙，紙上有著複雜的樂高模型成品，回家就肖想只靠著那張圖，一步一步、一塊一塊，把同樣的東西實際複製出來。

結果，太複雜的時候會很緊張，發現複製不出來的時候會很害怕。還有些時候很殘忍，連那張參考用的圖，都會被收走——我們這堂課，考試是不能攜帶法典的；而事實上國家考試裡多數成為考題的內容，在法條上也都找不到答案。

教修課的大一同學寫考卷，很大一部分就是在教大家：怎麼在沒有法條的情況下寫出像樣的東西。寫出自己不會心虛的內容，也讓以後在無數的場合可能改到你的考卷的老師，一眼就知道你是他在等待、他想要選擇的對象。律師考試的通過門檻是在專業科目的八百分裡面得到四百分，所以我們的目標是，每一科都拿到一半的分數。

一半就好。常常覺得自己上課輔教的法律，學術含量是很低的，因為我沒有在追求真理，我想教的純粹是怎麼有體系地記下很多東西，然後看到題目知道自己該先解決什麼、再來解決什麼。我想教的東西，就是一些我曾經也害怕過、也不知所措的事情。如果有人因此少了一點點恐懼，或者因此能夠直視那些恐懼，我就覺得自己對得起領到的薪水。

很多進來法律系的人，都會勸學弟妹仔細考慮，不要誤上賊船、後悔莫及。現在覺得，說不定把這句話裡面的「法律系」換成任何其他一個科系，也都是如此。後悔或許是天還沒全黑之前就初初亮起的路燈，是天黑以後、經歷以後，才能夠被命名的感覺。而也正是因為遭遇過天黑，然後在夜裡一盞又一盞路燈下走過，才會確信自己有在長大、有在變強。

法律系是賊船我不否認，可是比起這樣的悲觀，我可能只是更中二、也更現實一點——我希望更多人在賊船上，依然在某些時刻，成為一個能夠笑得出來的海盜。如此而已。

學期結束

寒假要來了。鐘響的時候，修課同學一個一個來到講臺交出考卷，我逐一和他們說：謝謝、掰掰，然後想起來自己也還是那樣年紀的時候。那是大二上學期的最後一天，結束了所有期末考，一群人晚上一起去吃壽喜燒。

十幾個人，吃飯前和吃飯後，都擠在手機鏡頭前留下了大合照。壓力解除的時刻，暫時無憂的時光。我記得兩張照片都是我負責掌鏡，我的手臂長，一直都被當成好用的自拍棒；回去後我也把照片po在了Instagram。那是對我而言意義非凡的照片們——我轉進法律系的第一個學期結束了。我用和大家相同的身分，一起得到修課資格，接著一起修了大半年的課、也一樣考了期末考，最後，被當成大家的一份子，一起來吃了慶祝的晚餐。彷彿經過這些時刻、有過這些時刻，自己就不再是個外人了。

po出來的照片在幾年後被我隱藏。曾經覺得堅固的感情或緣分，並沒有想像中的堅固；以為不會有裂痕的關係或陪伴，也出現了不可挽回的裂痕。照片裡有些人繼續留在我的生活裡直到現在，但也有另一些，變成了絕對、絕對不可能再說話的陌生人。

這麼多年過去，當我從坐在臺下的學生變成站在臺上的助教，看著上課會幫彼此占位固定坐在一起的人、看著下課會互相等待然後一起離開的人，心裡都會默默祝福：希望你們永遠不要變質，笑容能夠永遠完好如初。而致已經變質的我和你，那曾經的我們，我願意相信每一個人做出什麼事，都有自己心裡一個無可取代的原因。誰都應該為了自己，好好繼續活著。我還是很喜歡當年按下快門的那個時刻。即便你已經不是當時霧裡黃昏那個你，而我也不再是當時燈火環繞的那個人。

傷心的模樣

寫論文的夏天，我同時在中華職棒當了將近兩個月的法務。到職的第一天照著作業程序，在好多份文件上留下個人資料，然後簽名。而最後一份是一張切結書。「本人保證在中華職棒大聯盟任職期間，絕不參與任何形式之運動博弈活動，如有違反，願無條件……」。依切結書的文義，連買運彩下注也不行。

馬上我就意識到了：這份切結書，遠比其他我填寫的經歷、興趣或支持的球隊……來得重要。它是，許許多多人被反覆傷了好多次心以後，留下的痕跡或模樣。

那是和一些厲害的名字綁在一起的傷心。直到今天，演算法都還是時不時讓那些名字出現在我的YouTube裡，我也會點擊進去，邊看著那些曾經光榮的時刻，邊讀著網友憤怒或者唏噓的留言，然後忍不住邊想著，這些人現在在做些什麼呢。

當時二十幾歲快要三十歲的他們，穿過三、五千個日子，現在也來到這個年紀的我。我覺得自己的年齡帶給了我無上的幸運。當事情發生，中華職棒陷入困境時，我剛好在唸國中，那是最不快樂的升學時光，也因此生活遠遠離開了棒球。這讓我長大在有王建民的時代，喜歡棒球，可是在成人的路上卻沒有因為棒球而傷心。

到底應不應該原諒那些讓人失望難過的人，網路上有些人會說：永遠不可能，他們背叛了球迷，付出代價，剛好而已。我能夠了解那樣的心情，可是仔細想想，自己應該說不出這麼決絕的話。那是因為沒有真正被傷害過，也是因為唸了法律，這些事情加總，甚至讓我覺得自己不是有資格說出那種話的球迷。

我要說的不是唸法律讓我變得有同情心、或者能從不同角度看事情。我想說的是：唸法律給了我優渥的生活。我在中華職棒大聯盟並不是全職工作，但換算下來的薪水，可能比許多受僱律師還多。小時候想要當職棒選手的我不可能想到：坐在辦公室吹整天冷氣，看看契約、寫寫意見書，就得到了和職棒新人不相上下、或者更好的待遇。而有更多小朋友甚至是連職棒的窄門都擠不進去的。被我們知道名字的那些人，流了比我多更多的汗水或眼淚，才能夠勉強、終於得到和我一樣的社會認可；與此同時，卻還要懷抱著隨時失去的恐懼。而還沒有擁有自己的名字的那群人，他們不像我一樣能夠輕易地果斷地放棄棒球，回來過上安穩的人生。

我得到今天的一切也像某個取巧者。沒有升學壓力的時候喜歡上棒球，但在升學過程裡就把它放得很遠、忘掉了它；然後考上大學、通過國家考試後，回來剛好遇上了中華隊接連打進經典賽、P12[5]的複賽，還有更多大企業把資源投入了職棒。當我說著喜歡棒球時，常常也想到自己是只有同甘但沒有共苦的那種人，因而滿懷心虛或虧欠。

---

5 世界棒球十二強賽。

或許我也成為了那種大人，感到虧欠時，就用錢加以彌補。花錢進場、花錢買周邊，帶更多人看球，讓他們也願意因此花錢。在中華職棒工作雖然像是提供了我另一種管道貢獻給這個產業，不過我並沒有這樣認為。工作就是工作，就像職棒選手投好了每一球、完成了每一次揮擊，都只能算是對得起自己的良心。如果有人是第一次來到棒球場，比起告訴他轉播合約是我修改的、球場意外責任險分擔是我提議協調的、用球廠商的遲延催告函是我寫的……，我更想告訴他：要好好和遇到的每一個工作人員說謝謝。售票員也是、場地服務員也是、賣小吃的攤販也是。棒球是九個人的運動，而職棒是一大群人看不見的集體付出。

因為有那些比我更愛棒球、更忠誠於棒球的人，許多小朋友暗無天日地練習才會有意義，也才有可能在長大以後擁有更好的生活。我支持的球隊在每一場例行賽獲勝以後，都會關掉全場照明，安靜地施放將近五分鐘的勝利煙火。我喜歡那燦爛而說不出一句話的五分鐘。好希望以後一直、永遠都是這樣沒有傷心或陰影的時候，即便偶而沒有煙火。

最後一天

我偶而會在晚上睡覺要關上床邊最後一盞燈前，想到自己在法律系的最後一天。

不是畢業典禮，不是拿到畢業證書，也不是把所有東西清空搬離研究室。那一天我就只是關在自己的房間，對著電腦螢幕說晚安、對不起，還有再見，最後氣力放盡地躺在床上。

那是我的最後一堂助教課。說「晚安」就是字面上的意思，已經接近晚上十一點。說「再見」則是因為螢幕裡的大家就要期末考，考完會放暑假，暑假完升上大三有著更難的必修課，距離成為法律人會更靠近一點；而同時間，螢幕外的我完成了過去大學部四年、研究所三年，總共七年在法律學院的生活。從此以後我和任何曾經共享過同一間教室或者同一個google meet視窗的人，都再也不會在學校裡遇見。

當然，如果那是一個只說了晚安和再見的場合，我大概也不會一直記得了。我真正要說的是，為什麼另外還說了「對不起」。

因為我在最後一次助教課出了大包。

疫情在二〇二一年的春天迎來第二波高潮，隨著三級警戒宣布，所有人都被趕回家變成線上上課。教授的線上教學是預錄影片，然後放上網給大家瀏覽，這樣維持了一個多月將近兩個月相安無事，直到六月課程結束，準備要期末考，按照法律學院的慣例，剩下助教的課輔。

好像也不能說慣例，總之身為助教就是得要上課輔，畢竟是有領錢的。也因為有領錢，我一直覺得有義務讓修課的大學部同學沒有壓力也沒有限制地問問題，解決課堂裡的一切困惑，然後沒有害怕地去考試。所以期末考前的助教課我選了直播而不是錄影。用直播上課的話，課輔結束沒有問題的人就可以下線，而我留在線上回答剩下的問題，要多久都沒關係。

計畫這麼美好，事前我也做了許多次演練，包含確認連線的穩定度、螢幕切換的順暢度、確保電子白板能夠清楚呈現手寫內容⋯⋯。以為天衣無縫，結果最後還是出了包。

那個包大到我在九十九個人面前完全不知所措，對著鏡頭一再一再地說我想想該怎麼辦、我看看該怎麼辦，可是其實就是沒有辦法。一時間google meet裡面一格一格一雙一雙困惑的眼睛看著我，我意識到自己的每一句話都不是說給別人聽的，而只是在極盡所能地在安撫自己。

那為什麼是在「九十九」個人面前？

因為google meet沒有付費的話，上限是一百個人同時在線。換成其他視訊軟體也都是。那堂課的修課人數是一百二十，加上一些旁聽的同學，數字怎麼算都不會在一百以內。一切的問題就出在這裡。

我的手懸在鍵盤上，掌心不斷出汗，螢幕裡的大家是看不到的。然後還有另外幾十個人甚至不在螢幕裡。

對不起、對不起。

隨著時間流逝，困惑的眼神越來越少，因為畫面一格格變成了純粹的黑色，一個又一個人把鏡頭給關上。

那在當下看起來都像無聲的宣告：我不耐煩了。

這樣的感受也不是我想太多，因為與此同時有人不知道是忘記關上麥克風，還是故意說給我聽——

「到底要搞到什麼時候。」

「就要考試了欸。」

「浪費我時間。」

我沒有辦法反駁任何事情，因為全部都是事實。如果回到過去還是大學生的時候，發現期末考前書唸不完、時間卻又虛耗掉，我一定也會感到焦慮。

我只能一再地說對不起。對不起說多了不一定會變得廉價，但一定會感覺到自己愚蠢。並且，沒有任何東西因此被彌補。

最後的解決方法是我再找另外一個時段，把同樣的內容再上一次。於是我在法律系的最後一次助教課並不是在出包當天，而是隔一天以後。隔天直播順利完成，沒有一點差錯，但在晚安之後、再見之前，我還是下意識說了對不起。

那是我在法律系的最後一天。那天以後，我就要從法律系學生，真正變成做法律工作的人。

時至今日我依然沒有想到當時有什麼更好的應對辦法。而如果一直回想起這件事有什麼意義，那大概就是：我希望自己以後一直都是那種會為了自己的不好，真心感到虧欠的人。特別是離開學校以後，在工作裡，慢慢察覺到自己在許多情況下和另外一個人並不是對等的。那種不對等遠遠超過助教和學生這樣的關係。

我總覺得這是法律系教給我的最後一件事。每再關上一次房間全部的燈，我就會離學校更遠一點，被運送到更遠的明天。在遠到模糊不清以前，我還有更多機會說出法律系帶給我，但與法律本身無關的東西嗎？一切都過去了，謝謝所有分享、指教，還有質疑。真的謝謝、晚安、對不起。

大麻少年

知道自己這次行為錯在哪裡嗎？

錯在我是臺灣人。

要如何避免下次自己再犯同樣的錯誤？

移民。

還有什麼想要說的？

荷蘭、加拿大、美國都可以，連泰國也開放了。臺灣是落後國家。

十四歲的弟弟走進少年法庭[6]，隔著防疫透明隔板，在圓桌的另一邊、法官的正對面，垂頭坐了下來。

法官從卷宗裡翻出一張像學習單的白紙遞到弟弟面前，問他，你真的是這樣想的嗎？

「學習單」其實是少年調查官請這些非行少年寫下的行為自述書，調查官無所不用其極地透過各種方式想要了解少年們的內心，最後提出調查報告交給少年法庭參考。

大多數的少年都不會在自述書上寫太多東西，頂多就是「很後悔」、「希望法官原諒」、「以後會努力控制自己」等等簡單的句子。弟弟寫得也很精簡，但相較其他少年們，回答的內容也未免太真心話了，如果這是在成年人的世界，

6 少年事件處理法第八十三條第一項：「任何人不得於媒體、資訊或以其他公示方式揭示有關少年保護事件或少年刑事案件之記事或照片，使閱者由該項資料足以知悉其人為該保護事件受調查、審理之少年或該刑事案件之被告」。因此，本篇已進行完整去識別化，所有情節並在不影響閱讀的情況下，適度修改，刪除或異動任何可資辨認身分與案情之資訊。

很容易被貼上「毫無悔意」的標籤。

但少年法庭的法官和我們說過，這種願意透露內心想法的小孩，透露的多或少都沒關係，反而會在他們身上看到最多的希望。他們可能是同學不了解、老師不了解，家裡的人也都不了解的小孩，現在坐在少年法庭裡，圍著一張圓桌，沒有高下之分[7]，調查官和法官要努力成為了解他的最後一群人。

成年人種大麻被發現不出這幾種管道：警察在外國購毒購物網站巡邏找到臺灣ＩＰ，同時在國內購物網站鎖定反覆詢問並購買植物燈具，但又明顯不是農民的人，交叉比對身分；又或者民眾反映某偏僻民宅日夜燈火通明，干擾作息，警察於是秘密埋伏觀察，發現出入份子混雜、形跡可疑，考慮偽裝成購毒者想盡辦法接洽，然後調閱電費資訊，發現該民宅電費在短時間內暴增……。接著聲請監聽，監聽確認各項情資可靠，最後聲請搜索，搜索的時候人贓俱獲。

以上是最理想的情形。但弟弟不是這樣被抓的。他先透過ＶＰＮ變更自己的ＩＰ，到完全無中文介面可選擇的外國網站下訂極少量大麻種子。再來是燈具，他沒有網購，直接去了五金行買鎢絲、買燈泡、買變壓器……，自己組裝改造照明設備。而種植大麻的地點就在他自己房間，媽媽在事發之前，不曾察覺任何異狀。過程中沒有被監聽，也沒有被搜索。

弟弟之所以被警察「破獲」，是因為他開始種大麻之後，在telegram自己開了一個群組，分享每日植栽紀錄，吸引許多網友匿名湊熱鬧追蹤。這個群組被其中一名警察滲透，警察假裝有興趣獲得種植資訊，佩服與鼓勵的偽裝下，弟弟掏心掏肺給出了實名個資。

簡單來說，如果沒有那些佯裝的讚嘆、虛偽的肯定，警察是抓不到弟弟的。

弟弟此刻坐在法庭裡，矮矮壯壯的身形，穿著運動短褲和舊舊的籃球鞋。他主動從口袋掏出手機，交給身旁的媽媽。媽媽還沒坐下就急著和法官道歉，對不起、對不起，我真的沒有發現他在做這種事，他回家都關在房間裡不出來

7 臺灣的少年事件處理法採取協商式審理，法官並不會坐在法臺上，與韓劇《少年法庭》不同。詳細參見司法院相關問答說明：https://www.judicial.gov.tw/tw/cp-1654-2739-b17f0-1.html。

……。

法官和媽媽說不用緊張。媽媽把弟弟的手機收進自己的包包裡。過程中，媽媽可能按到了手機的什麼按鍵吧，邊框到處碎裂的螢幕發亮，明顯可見一條粗粗的黑影。

少年法庭的男生女生們，常常都有著一支比我們每個人都還要新還要好的手機。但弟弟顯然不是那一種。

開庭前我們都依照法官的指示，詳細看了少年調查官蒐集的所有資料，包含歷次的訪談紀錄，還有國小每一位導師給弟弟的評語、國中每一科的成績單。

評語都是四字套語，稱不上正面，硬要說的話，大概勉強算得了「中性」。至於成績就是不好不壞的樣子，就像ptt上的網友時不時會發問：班上第一名的同學、前三名的同學、最後一名的同學……，現在在做什麼？但不會有人關心第十八名、第二十三名……，到底是誰或者變成了什麼模樣。

為什麼想要種大麻？

有成功嗎、種了多少？

你自己有吸食嗎？什麼感覺、知道對身體不好嗎？

因為好玩。有成功。五六顆裡面成功一顆。有吸過一次。吸完就睡著了。知道。

弟弟回答法官問題的時候雖然一直低著頭，但下意識挺直了身子。

去哪裡學種大麻的呢？

為什麼會在網路上分享？

大麻種子很貴吧，你的錢哪裡來的？

網路上。因為好玩。零用錢，省吃儉用。

弟弟回答的內容都不多，筆錄一問一答，書記官打字的速度完全跟上了他的語速。一連串問題結束後，法庭暫時擁有了一段全然安靜的空檔。法官摘下眼鏡，貼近桌面翻著卷宗。

弟弟繼續挺直腰桿了好一陣子，發現沒有動靜，才放鬆變回駝背的姿勢。他偷偷抬起頭想要看看四周，卻和我對到了眼。

我有一種奇妙的感覺。小時候被大人責備的時候，我也會用「好玩」當作解釋一切的說詞。

「好玩」的意思往往代表著：我有我自己的理由，可是我開不了口。我不知道能不能說，也不知道你是不是能夠接受的那個人。

不要小看小朋友，他們想的常常都沒有比大人少。

弟弟在這裡所謂的「好玩」究竟指的是什麼？

我覺得我大致明白了，法官也知道了。

法官重新戴上眼鏡，攤開卷宗裡的 telegram 群組截圖，遞到弟弟面前，和他說了長長一段話。

弟弟聽完以後抬起頭直視著法官，然後又很快的從口袋翻找出用過的衛生紙。他擤鼻涕的同時，胡亂往眼眶抹了一通。

媽媽則拿出一包新的衛生紙偷偷塞到他手裡。

法官和他說的是，你的種植紀錄寫得很好很嚴謹耶。你看你還貼標籤，寫這是實驗組、這是對照組。你在學校是喜歡自然課的嗎，還是生物課，我看你工程也滿厲害的欸，手很巧，是誰教你改裝燈泡的。你能力這麼不錯，長大後沒有留在臺灣，很可惜吧，可是……，可是出國也很棒啦。啊你英文夠好吧，你都看得懂外國網站了……。

弟弟之所以種大麻，要的或許不過就是被看見、被認同。我們每個人在那樣的年紀，一定都希望在學校裡過得順風順水，做一個有朋友而且受歡迎的人。可惜常常事與願違。

掌聲和笑容是同儕給不了他、老師給不了他，警察給了他，但又其實沒有真心想要給他的東西。直到來到法庭裡，法官才親手遞上。

當然，在成年人的世界，種大麻目前仍是不得易科罰金的重罪，所以也不可能純粹給予勉勵，就讓弟弟回去。開庭的後半，法官花上很多時間「講道理」，講美國大麻只有在部分的州合法，荷蘭和泰國也都不算全面合法，網路上有很多資訊是錯誤的，要懂得自己查證，人云亦云很危險……；而你身在臺灣，沒有辦法，那就要遵守臺灣的法律。如果你不滿意，想要改變，那只能讓自己長大變得夠強，去成為能改變這些事情的人，而且等你長大說不定想的就不一樣了……。

「都知道了嗎？我希望以後不要再看到你了。」

「如果今天你滿十八歲了還做這些事的話，後果很嚴重的喔。」

弟弟看著法官眼睛，點了點頭。

他走出法庭後，法官低聲地問我們：你們覺得他有把後來的訓話聽進去嗎？

我說，有吧。法官於是也輕輕點頭，轉了身回去。

我真正的意思其實是，我覺得他如果有把前半段的稱讚一直記著，那即使沒有後半部分，我們也都不會再見到他了。

最嚴厲的處罰

檢察官和阿伯說：「好了，筆錄簽完名，就可以回去了。」

阿伯摘下黑框眼鏡，把頭靠得離桌面很近，近到幾乎沒有距離，開始一筆一筆謹慎地寫下自己名字，然後準備站起身。

阿伯身形很壯碩，縮在小小的椅子上，要站起來顯得有點吃力。椅子往後退開，發出略略尖銳的碰撞聲響。重心還沒站穩，他就急忙把椅子靠回去，同時不斷彎腰向檢察官說對不起。

檢察官說，你要對不起的人不是我。

阿伯連忙接著回應，我知道、我知道，我錯了、我錯得離譜。「我明天一定會親自去派出所和警察道歉。」

檢察官和他說：「如果你明天去找警察，警察不想見到你，你也不能勉強人家，知道嗎？回去路上小心。」

阿伯點了點頭。法警準備帶下一個人進來，但阿伯走出偵查庭前，又停下腳步。他轉頭問道：「不好意思再請問檢察官，會有人送我回新營嗎？」

沒有喔，要自己回去。

那我身上沒有錢怎麼辦？

地檢署外面都有提款機，可以領錢。

可是我出門沒有帶錢，就被警察帶來地檢署了。

那只能打電話聯絡家人了，等一下可以請法警借你電話。

可是……。

阿伯扶著偵查庭的門，一半的臉在安靜的白日光燈管下，一半的臉嵌在門後面、地下室漆黑的人犯通道裡。

法警看著檢察官，等檢察官的指示。檢察官看著阿伯，等阿伯把話說完。

阿伯沒有把他的「可是」說完，只問了最後一個問題：「請問檢察官，往新營的末班火車是幾點？」

檢察官看了看自己手錶，愣了一下。我側身過去和檢察官，也就是和我的指導老師說，十點五十。嘉義的同學來臺南找我們打球，都是趕那班車回去。不然就要借住我們宿舍。

而現在時間是晚上十點四十分。

老師於是和阿伯說，你趕快動作吧，要來不及了。阿伯直說好、謝謝，還有打擾了對不起。

地檢署在安平，到臺南火車站將近七公里，住過臺南市區的人應該都知道，沒有任何方式可以在十分鐘內趕到。再怎麼不要命的騎車或開車方法都一樣。而阿伯住新營，他也知道新營和臺南火車站是什麼關係。沒有火車的話，計程車跳表跳下去，會相當於一張臺南到臺北的高鐵票。

深夜時段出現在地檢署的人，大多是因為酒駕，再來是車上有毒品被警察盤查，另外就是通緝犯被抓到歸案。但阿伯和以上情形都不一樣，他從新營被帶來安平，是因為中午散步經過警察局，請警察幫忙一件事，警察說有點困難，結果就發生了口角。情緒失控之下，他作勢動手，也脫口罵了「幹你X」、「流氓」、「我會讓你們沒工作」……。

他被警察逮捕，妨害公務的現行犯。上銬後做筆錄，做完筆錄坐警察車。移送來到安平的時候就已經天黑了。

這是全部的事發經過。如果把卷宗封面阿伯的名字遮起來，換成某甲，就會還原成為我大學二年級刑法分則的期末考題。

一模一樣。真的。

一題五十分，占總學期成績的二分之一。請討論某甲的刑事責任。

這個題目的重點在於討論侮辱公務員罪、公然侮辱罪、恐嚇危安罪是不是成立。題目感覺很簡單，但真的寫起來，占學期成績一半一點也不為過。客觀上要分析警察是不是在「執行職務」，執行職務有沒有「依法」，某甲罵的內容算不算「侮辱」或「恐嚇」……，還有，主觀上要另外論證某甲有沒有「侮辱」和「恐嚇」的犯意，某甲辯稱三字經是自己的口頭禪有沒有道理。

最後，如果都成立的話，要論哪一條罪？還是全部無罪？或者，會不會某個罪名成立，但某個罪名則否？

這是考試。雖然是考試，但裡面的情境有一天都會回到自己眼前。

這或許就是所有法律人一生會至少擁有一次的時光幻術。如有雷同，那都是真的。

阿伯如果有什麼和某甲不一樣的地方，那就是阿伯來到地檢署後，坦率地全部認罪。期末考如果和這天晚上如果有什麼不一樣的地方，那就是現實會給我們比題目遠遠更多的資訊。阿伯和檢察官說，他是退休的老師，為人師表，但卻做了最壞的示範。他以前在學校和小朋友說不要罵髒話，可是自己卻對警察脫口而出三字經，真的很不應該很後悔。他不奢望警察會原諒他，可是還是希望親口和他們說抱歉……。

老師只能和阿伯說，我們都知道了，都有幫你記下來。我翻到警詢筆錄封面看了看阿伯的生日。我和我的老師，我們兩個人都是可以當他學生年紀的人。

不知道他今晚會是怎麼樣。我努力想要回想當時期末考卷上寫的答案，卻沒有任何一點印象。時隔多年忽然明白，最嚴厲的處罰，有時候並不是法律預設的那種樣子。

逮捕之後請讓我打一通電話

檢察事務官請徐先生把手機調成飛航模式，並交出給警察，徐先生欣然同意照辦。然後，搜索便開始了。幾十位員警帶著徐先生走進禮儀社的地下室，開始翻箱倒櫃。

過程中，徐先生故作輕鬆地和警察們聊天，小隊長和偵查佐接連調侃他：唉唷，少年家袂穩喔，才三十歲就家己開公司，做這途偌久矣？

徐先生還來不及回答，下一秒就已經被警察們壓在地上。小隊長站在他面前，接過其他警察遞過來的一包包裹，鞋尖正對著他的臉，低頭大聲斥問：你講看覓，這是啥？蛤，你講啊、你講啊……。

包裹是一個牛皮紙袋，鼓鼓的但看不出來是什麼。找到包裹的警察伸出右手朝天花板比了一個「7」，接著又晃了兩下，用手勢告訴站在後排的我們，裡面是槍。

槍是在地下室的六十五吋液晶螢幕後面發現的，電線、音響與機上盒之間放著一包東西太突兀了。而液晶螢幕正被分割成十六個畫面，顯然禮儀社所在的這棟透天厝總共裝了十六支監視器，有些對著門外，有些對著房內。徐先生在地上大喊著「我真正是毋知影」、「我自來無看過」、「我咒誓彼絕對毋是我的物件」……，接近語無倫次。直到他情緒平復，警察才讓他起身，同時將他銬上了手銬。

槍枝並沒有記載在法院核發的搜索票上，這是一個詐欺案件，徐先生被秘密證人指控與詐騙集團合作，提供禮儀社的私人辦公空間，關押因為求職而上當的被害人。被害人與詐騙集團接洽後，就會被送到禮儀社監禁長達數週，強迫擔任車手取款，如果不服從，要嘛就是不放飯吃、要嘛就是吃一頓毒打。不幸打死了，可能就送去摘器官。新聞講的都是真的。

這是現在最常見的集團詐騙分工模式，幾乎全臺遍地開花，檢調機關也都習得了詐騙集團的術語——被害人會被強迫擔任車手，所以被害人本人叫作「車」；集團幹部會負責控制被害人行動，叫作「控車」；控車的地點，則簡稱「控點」。

禮儀社如果真的是控點，搜出手槍好像也就沒那麼意外了。一切到目前為止，就是刑事訴訟法這個科目在國家考試會出現的經典題幹內容：請問逮捕徐先生的依據？搜出的手槍沒有記載在搜索票上，可否扣押？徐先生能否要求立刻停止搜索，等自己的律師到場後再繼續進行？

可是徐先生提出的問題並不是以上任何一個。

他銬著手銬勉為其難的雙手合十，面朝檢察事務官。

「等一下無可能予我轉去矣，是毋是？」

檢察事務官和他說，是。剛剛把逮捕通知書給你了，等一下會帶你去警察局作筆錄，然後再解送地檢署。檢察官可能向法院聲押你。

徐先生嘆了一口氣。像是身上有某個開關，一鍵按下切換模式一樣，他忽然不再用台語講話。低聲下氣，語速也明顯放慢。

「那……，大人拜託，我只有一個請求就好。能不能讓我打一通電話？」

他真切盯著檢察事務官。因為焦急而顯得真切。原本抓得高高的油頭在汗水之下，正慢慢坍塌。

「真的讓我打一通電話給家屬就好。人家阿公現在在成大醫院，準備要往生了，他們找不到我一定很緊張。」

「我知道今天發生了這件事，雖然我不清楚，槍也不是我的，但我就是要好好處理。我不會逃避，工作沒有了，我也沒有關係。」

「可是人家家屬都是無辜的，阿公也是無辜的。可不可以，求求你們，至少讓我打電話和他們說一聲，讓我的助理去找他們，或者讓他們能夠找其他人做。讓我打完這通電話，後面要怎麼樣，我一定都會配合。」

我沒有騙你們。我用我這條命求你們了。

徐先生講到最後熱淚盈眶，整個臉五官皺成一團。

他想用短袖上衣的袖口擦去鼻涕，但發現手抬起來搆不到。偵查佐抽了幾張衛生紙塞進他手上。

擤鼻涕的聲音穿插在手銬撞擊的金屬聲裡。警察紛紛看向檢察事務官，等待下一步的指示。

來地檢署和法院實習，如果改變了我本質上的某些什麼，我會說，心腸變硬。

訓練過程中，我們每個人都聽過一個又一個鬼故事。比如被告哭著說絕對不能收押自己，不然養的貓沒人顧一定會死掉。又比如被告當庭拿出房屋權狀，跪著說賣地賣房也要賠給被害人家屬。

結果請警察去查訪，屋內空蕩蕩。自始不存在的貓。

結果房子早在案發後，就立刻轉手易主。早已不存在的房。

真的是見到了鬼。

眼淚不能直接和可憐畫上等號，即使可憐，也往往不代表值得同情。

可是……。

我知道很多人想說的可是是什麼。可是如果是真的呢？

法律工作如果也有它什麼珍貴的地方，我覺得那就是這裡——明知道可能被騙、可能不是實話，但只要有那麼一點可能性是真的，哪怕只是千分之一、萬分之一，我得到的訓練是，你要相信他。

徐先生要打電話，可能是請人立刻湮滅證據，可能是要找人串好口供，也有可能是烙小弟們來現場。前面兩種就算了，最後面那種會讓現場所有警察都陷入不可測的危險。

可是，徐先生也有可能真的是要聯絡即將面對生死關卡的家屬。

心腸變硬並不是不近人情。心腸變硬是從不顧一切，變成學會顧好一切。不顧一切地相信一個人只需要善良，但要能夠顧好一切地相信一個人，需要的是專業。

檢察事務官安撫著徐先生，同時立刻用line回報給檢察官，檢察官再轉知主任。

主任檢察官的指示是這樣的：讓徐先生打。但要用警察的手機撥號，手機拿在警察手上，徐先生不能靠近；手機通話時開擴音，如果一有什麼不對勁，立刻就掛斷。徐先生的律師往後可能會爭執開擴音或掛電話的法律依據是什麼？是刑事訴訟法第一百四十四條第一項，搜索可以為「其他必要之處分」。

這是實習讓我學到的處理方式。實習帶給我們每個人的東西便是善良還有專業的總和。

只不過徐先生最後並沒有撥出那通電話。小隊長拿著手機，一直問他，啊電話幾號？你毋是欲敲？

幾經僵持，徐先生銬著手銬的手緊緊握拳，垂下的頭一直搖。

搜索很快就將告一段落，支援的警車陸續抵達。午後的陽光透過玻璃門照近禮儀社，徐先生從陰影之中慢慢往刺眼的門口走，前後都有警察戒護。小隊長打開玻璃門鎖前又突然問他：哪會閣無愛敲矣？

徐先生把額頭抵在門上，看著自己的倒影。平靜地說：已經揣著別人矣。

畢業之後我們都成為平凡的大人

實習的晚上，我在深夜的偵訊室見到了大一時候的助教學長。

學長是刑法總則的助教，我一直記得那門課，因為那是黃榮堅老師退休前最後一次開課，學長應該也就是老師的關門弟子，同時也是最後一位助教。黃榮堅老師在學術界的人品和成就之高，還有寫給一般社會大眾的法律書籍有多暢銷，基本上只要是法律系的人都知道。老師退休多年，但我覺得即便是現在才剛要唸法律系大一的學生，也都一定多少聽過他的名字。這讓我每次說出自己的刑法是向誰學的，總是獲得無數羨慕的眼光。

不過我並沒有在第一時間認出學長。理由可能是時間相隔太久了，對於這個人的面貌已經模糊；也或許是，其實我大學時候不是太認真上課的人，學長的課輔都安排在早八時段，我幾乎起不來去看他的臉。

一開始我看到的只是一個高大的中年男生，戴著細框眼鏡，左手拿著傘，右手拿著公事包，同時律師袍掛在手臂上，略帶倉促地走進偵訊室。委任他的被告坐著回頭看向他。他示意被告轉身坐好，然後抬頭連說了幾聲抱歉、外面下雨、有點塞車。接著放下雨傘和公事包，套上法袍開始扣扣子。

檢察官和他說，不急不急，沒有關係。而他穿好法袍後，立刻上前遞出委任狀。我在上面看到了熟悉的名字才一時明白，他就是我人生第一個遇到，直到今天都還是非常尊敬的助教學長。

黃榮堅老師教的刑法總則並不是通說，白話文來講，就是和最高法院採取的見解有某些不同之處。再更白話或者更現實一點，如果志在通過國家考試，有比這門課更好的選擇。當然我大一的時候是沒有顧慮也不知道這些的。我大一時只有感覺：黃榮堅老師的刑法體系好簡單、好單純。比方來說，別的班講了一堆客觀歸責理論，但黃榮堅老師認為那些都不是「因果關係」的判斷重點；別的班在努力區分共同正犯、教唆犯、幫助犯……，但黃榮堅老師說他們本質上都一樣。

關於老師的理論，老師寫了兩本厚厚的教科書，我在日後的時間裡，包含大四準備研究所考試、準備國考，包含畢業後心血來潮，才分期付款般地把它們唸完。從頭到尾終於完整唸過一遍，佩服的不只有老師，還有助教學長。

學長厲害的地方在於，老師如此細緻完整、每個章節都將近或超過百頁的內容，能夠濃縮在寥寥幾張課輔講義紙上。雖然是濃縮，但幾乎是如實呈現：先介紹通說和實務見解，接著逐一質疑，最後提出可靠的觀點。大一可能單純跟著這個模板傻傻地寫期末考卷，但到了自己考過國家考試就會明白，能在考場上每一題都做到這種程度，很不容易；如果做得到六七成的話，大抵就離上榜不遠了。

學長就是我現在回過頭看大學生活，最好的助教模樣。他精準摘要了老師上課的內容，慎重地傳達或重現知識；知識不一定能夠直接派上用場，但他會努力幫你轉化成考試能用的樣子。

我研究所唸的是民法組，但不管任何考試，最高分的其實都是刑法。學長不認識我，也沒和我私下講過任何一句話，但這是我從他身上得到的東西。

多年以後再次聽到他開口，滿懷複雜的感受。

這個「複雜」不是負面形容詞，是綜合了感謝、好奇、企盼……，還有疲憊的感覺。已經接近午夜十二點，雨後地下室潮濕的空間裡，所有人事物都像仙履奇緣一樣，耐心如同法力一般正在消散。包含檢察官、書記官、法警。包含我和學長。眼睛盯著空白的牆壁久了會留下殘影。我想像自己大一的時候，狹長的階梯教室早晨透著光，我坐在最後面，學長在最前面拿著麥克風。這樣的我們都在秒針一格一格轉動的同時，一點一滴消失。

坐在偵訊室中央的是詐騙集團車手，因為通緝而歸案。這是最常見不過的案子，學長能夠說的自然也不多，偵訊室裡所有人都心裡有數。

「被告是因為沒收到通知所以才沒有去開庭，他也不知道自己被通緝。」

「請考量被告已經承認犯罪，給予交保的機會。」

「謝謝檢座、謝謝書記官。」

程序來到結束了。這是今晚最後一個案子，書記官開始關電腦，法警開始關燈。檢察官帶著我走出偵訊室的時候，學長還沒走，他一個人遠遠站在人犯通道的盡頭。他駝著背脫下律師袍，然後又仰起頭，把襯衫最上面的扣子解掉，讓領帶從脖子稍稍鬆開。他撥了撥依然潮濕的頭髮。

我們往反方向走去，轉身瞥一眼，他像是時間隧道裡越來越小的光點。黃榮堅老師的刑法總則為期一年，共兩學期六學分，沒有其他作業或報告，期末考百分之百決定成績。不像許多老師在考試前會重點提示或稍稍洩題，兩個學期，黃榮堅老師都只有在期末考前和大家說一句：寫考卷要有生命力。

有生命力的意思是不要死背實務或學說見解，要勇敢寫自己的想法，勇敢把想法套用到題目的案件事實裡。可是兩次考試我都覺得寫得很差。好像很多東西沒寫到，也得出了一個好像不太不合理的結論，想說完蛋了，期末考百分之百是不是要被當了。

不過最後拿到考卷時，助教在上面用紅字寫的都是「有生命力！」

我不知道學長是真心這麼認為，還是每個人都給予這樣的鼓勵。但那幾個紅字確實如同定心丸，讓我感覺到，好像真的能夠轉系走法律這條路。

而如今，我們都有成為一個有生命力的大人了嗎？

我們能有多少同情

民國八十三年五月某日午夜。蔡先生前往某理容院，並與服務生A女士一同離場唱歌。離場時間屆至，她表示要回去了，蔡先生卻出手搶走她的皮包，拿走裡面全部的現金。同時，蔡先生把她壓在包廂內的沙發上。經過一番掙扎，蔡先生強制性交才未得逞。

民國八十三年八月某日凌晨。蔡先生前往某舞廳，並與服務生B女士一同離場。蔡先生騎機車把她載到鄉間小路，便將機車熄火。蔡先生拿出刀子抵住她的背部。她心生畏懼，蔡先生因而強制性交得逞。結束後，蔡先生又強行取走她皮包內所有現金。

隔一日深夜十一點。蔡先生前往另一舞廳，並與舞廳服務生C女士一同離場。蔡先生同樣騎車把她載到偏僻小路，熄火停車，然後抱住她。她害怕而無法抵抗，蔡先生因而強制性交得逞。結束後，蔡先生一樣搶走人家的皮包。但這次幾經翻找，在她的包包內並沒有找到錢[8]。

民國八十四年十月二十六日，我出生後的一個月。判決確定。蔡先生連續犯懲治盜匪條例第二條第八款之強劫而強制性交罪，法條規定唯一死刑[9]。但法官考量沒有被害人死亡，依刑法第五十九條[10]，減為無期徒刑。

以上還不是蔡先生犯行的全部。還有兩個被害人被強制性交而沒有被強盜，蔡先生和檢察官都沒有上訴最高法院，臺灣高等法院臺南分院判處有期徒

8 上述犯罪事實均出自最高法院八十四年度台上字第五三二〇號刑事判決，本判決為公開判決，且已判決確定。

9 懲治盜匪條例已於民國九十一年廢止。蔡先生所為，依照現行法，為刑法第三百三十二條第二項第二款之強盜強制性交罪，處死刑、無期徒刑或十年以上有期徒刑。

10 刑法第五十九條：犯罪之情狀顯可憫恕，認科以最低度刑仍嫌過重者，得酌量減輕其刑。

刑七年確定。不過時間太久了，網路上沒有付費的話，看不到這個部分。

至此，判決書看得到、網路上查得到的內容才算完全結束。

但其實還有後續。或者說，我要講的事情，從現在這邊才開始。我們把不想看到的人、不能原諒的人丟到監獄裡，他並不會因此消失。

「時間」本身就像是這個世界的按下右鍵一鍵還原。過得夠久，我們點選了那個人，他有一天，終究、還是，會回到原本的資料夾或桌面。

不知道蔡先生對判決裡面那一句「減刑」是怎麼想的。至少客觀上，因為有著那句話，我才有辦法在多年後的偵訊室看到他。

我長大，他變老。

民國一一二年四月七日，我在臺南實習的最後一日。蔡先生申請假釋終於核准。這是一個平凡晴朗的白天，他在戒護車輛上，從高雄監獄出發，準備來臺南地檢署報到，接受科技設備監控。同時間，法務部協力廠商的工程師也在高鐵上，行李箱放著科技監控設備，一路南下，準備會合。

所謂「科技監控設備」說白話點，就是電子腳鐐。

接近中午，法警敲門和檢察官說，假釋的受刑人還有工程師都快到了。檢察官和實習的我們說，等一下自己注意安全。

根據卷宗內的資料顯示[11]，蔡先生在監獄裡和人發生衝突、毆打傷人總共十一次。這期間，蔡先生的父母過世，兄弟姐妹不願再與他有任何關係。依照他犯案時的刑法規定，無期徒刑最快只要十年[12]就可以申請假釋，但因為無親無故無住所，也沒有任何安置機構願意接受他，所以申請假釋未通過數十次。為此，蔡先生還曾向監察院陳情。

這樣的人，如果在心裡給他一個形容詞或一句話，那會是什麼？

「自己小心」或「注意安全」，恐怕真的就是最得體的說法了。至少在偵訊室的門被推開前，我是這樣想的。

---

11 本段內容出自法務部矯正署復字第11001085090號復審決定書，本復審決定書為網路公開資訊。

12 根據現行刑法第七十七條第一項，無期徒刑至少需服刑二十五年才得申請假釋。

最先走進偵訊室的是帶頭的法警，接著是觀護人、社工，再來是工程師，最後就是蔡先生和壓陣的另外一位法警。

隊伍拖得有點長，一眼就能知道哪個是蔡先生，而蔡先生此時看起來已經像是走錯路、借廁所、誤闖地檢署的老人。法警跨過門檻的時候和他說，「較注意咧」。

檢察官開始確認身分，諭知配戴電子腳鐐。蔡先生回答問題的時候都把話含在嘴裡，駝背的身體因為雙手用力併攏、聳肩，顯得更矮小。

我不喜歡這些國高中國文課本的艱難用詞，但此生第一次感覺到它們是如此精準：蜷曲。佝僂。唯唯諾諾。

訊問完畢，檢察官問蔡先生還有沒有什麼要補充，他想了一下開口：「檢察官，我被關了二十八年六個月又五天，那個腳鐐什麼的，我不會用。」

偵訊室裡的所有人一時間全停下動作看向蔡先生。原來受刑人真的會對關押的每一天、每一天如數家珍，像失眠的時候數綿羊，像點餐的時候畫正字記號。

檢察官和他說，等等工程師會教你。

然後工程師便攤開了行李箱，首先拿出一個ＶＲ頭戴裝置幫蔡先生套上。工程師接著把我們叫到身邊，展示電子腳鐐給我們看。電子腳鐐長得很像兒童電子錶，但顯示器有半個手機螢幕大，錶帶和我的上手臂一樣粗。行李箱裡面還有長度大小各不相同的螺絲起子和金屬釘。

蔡先生戴著ＶＲ，嘴巴半開，頭仰得非常高，像是小朋友在海生館臉貼住玻璃，看著幾層樓高的大魚缸。最上面有陽光照下來的那種魚缸。與此同時，工程師拉起他的褲管，測量周長、調整角度，拴上電子腳鐐。

ＶＲ裡面播放的是電子腳鐐使用說明。影片時間可能有十分鐘那麼長吧，大家圍繞著蔡先生，蔡先生望著有點光線但其實有點虛幻、有點遙遠，他已經不熟悉的這個世界。忽然之間有種時光穿越的感受。民國一一二年的陽光折射穿透時間的海。判決書記載，蔡先生在第一次犯案後的一個月從海軍退伍，所以算起來，他不僅關在裡面的時間比我現在年紀還長，我現在的年紀也比他進去關的時候還大。

在檢察官面前蔡先生講自己的關押、講自己沒有親人、講自己不會再犯。過去的日子裡，他一定也是一直和矯正署、和監察院講差不多的話。他曾經有一個時刻講到那些被害人嗎。或者想到就好。她們每一個，也都經過了二十八年六個月又五天。

一切不得而知。判決確定後，這些事就不再是法官或檢察官所能努力。

蔡先生還戴著ＶＲ裝置，但開始東張西望起來。工程師意識到影片播放結束了，靠上去幫他摘下頭套。沒有讓蔡先生再有說話的機會，工程師催促他趕快離開，接下來還要移動去他安置的處所，安裝電子腳鐐的居家接收器。

「你動作快，有什麼問題回去會再解釋給你聽。」工程師說。

偵訊室門打開，實習的我們也要準備回到辦公室收東西，離開臺南地檢署。

一年的實習要結束了。這一年法官和檢察官們帶給了我三句話，是大學時代沒有任何教授說過的。第一，來到法庭的被告，視覺年齡看起來幾乎都比實際年齡來得老。第二，被告在法庭內和法庭外會有完全不同的模樣。這些我都已經確定是真的。

最後一句則是：你還會覺得所有被告都很可憐嗎？

我很想單純回答會或者不會，但發現沒有辦法。只是內心確實往答案的其中一邊又更傾斜了一點。

蔡先生從我身邊離開時嘀咕了一句：「看起來攏霧霧。」這是我唯一猜到也肯定的事情，他戴的VR從頭到尾都沒對到焦。他可能根本也不知道那東西需要對焦這件事情。

世界的背面

如果有個法官在你面前給你問任何問題，沒有主題限制，也沒有時間限制，而且保證一定會得到回答，那你會想問什麼？

新竹地院就在竹北市區，高鐵站騎腳踏車十分鐘的距離，或許因為交通方便，也或許因為周邊學校很多，因此經常有國高中生來旁聽開庭。而學生進到法庭裡從來也不是零星幾位，向來都是一大群、一大群，足以把旁聽席坐滿的程度，感覺像是老師把整個班級帶出來校外教學。

我的審判長也樂於在無預警的情況下，擔下學校老師們外包的「教學」工作。通常開庭結束，大家就會像聽到下課鐘響，自動起立解散，但審判長這時都會主動關心旁聽席，問道：有沒有什麼問題、想問什麼都可以喔、不要害羞不要客氣。想要離開的人這時當然可以離開，不只有學生是如此，書記官、通譯、法警……，還有包含我也都是。而當想要留下的人數確定後，審判長便會請法警帶上法庭的門，同時再一次示意他們可以去午休吃飯、不必留下。他會開玩笑地說：現在保證不會有危險啦，各位可以放心。這是對法警說，也是對旁聽席的小朋友們說。小朋友莫名其妙都會被這句話戳到笑點，咯咯笑過一陣，氣氛也就輕鬆起來。

之所以稱國中生、高中生為「小朋友」，是因為仔細一算，我也高中畢業十年了，在法官之中當然算年輕，但距離中學生已經非常遙遠。「遙遠」究竟是多「遙遠」，如果用一個具體一點的概念說明，那就是我已經完全無法想像作為國中生、高中生，會在法庭問出怎麼樣的問題。這也是好幾次審判長跟我說你可以上樓去休息了，但我卻繼續留在位子上的原因。我很好奇、也想知道，小朋友們都是抱著些什麼疑問。

其實單純旁聽開庭而沒看過起訴書或卷證資料，要在短短十幾分鐘內掌握案件的全貌，並不容易。但真的輪到學生們發問，總有人能問出超出公民課本、而且直指法院運作核心的問題。比如：我想請問，為什麼有些案件會看到三個法官，但有些只有一個？又比如：不好意思，我想知道為什麼辯論終結後，訂定的宣判日期有些比較久有些比較近？

審判長回答這類問題時，我默默觀察臺下，大部分的人都會趕緊拿出紙筆，安靜地抄抄寫寫。從他們的舉動，還有發問時自然而然語帶「請」字、得到回答後又不忘一句「謝謝」，可以知道這些小朋友的家教、老師的身教是怎麼回事。這裡是全臺灣家庭平均可支配所得最高的城市，他們身上的制服便大抵反映了從小得到的資源與栽培。

我不諱言自己也是這樣長大的小孩。進到法院裡，這輩子才第一次聽到腳鐐拖行在地的聲音、手銬被法警解開的聲音、書記官冰冷打字的聲音。打出的字都是嚴厲的質問，安靜或死寂一下子，然後是被告低下頭對著麥克風準備回答的氣音。

很多被告甚至沒有比中學生們大多少，國中肄業、高中輟學，剛滿十八歲或不到二十歲，未曾有過機會被公民老師帶來旁聽，第一次進到法院，就是坐在被告席。

當我們這樣的小孩在補習、在考試，在為了一兩題或一兩分懊悔扼腕時，總有一群同年齡的人在世界的另一面，可能誤入歧途，或者可能身不由己。

而有時候誤入歧途和身不由己又是一體兩面的事情。

通常學生們問完有水準、有深度（也可能是老師指定）的問題後，一方面發現審判長還真的知無不言，另一方面自己的話匣子也熱機完畢，便會開始敢於發問一些「敏感」的內容。

「敏感」不代表不能揭露，而是指課本或課堂上，沒有人會告訴你的事情。因為沒有人說過，所以ptt、Dcard、各種新聞網站的留言區……，也都是這樣的質疑。

而且，就是這些「敏感」的東西，才會真正讓人變成善於同理卻又不濫情的大人。

小朋友會問的敏感問題是：法官們真的會因為被告說自己很可憐、很後悔，就判輕一點嗎？

這個問題真要回答起來，要先說明好多法條以及背景知識，還要區分成許多種狀況討論。那甚至是法律系大學四年的任何一堂必修課，所都不會學到的。

當審判長耐心地和小朋友解釋起來，我坐在一旁，總是不禁回想起第一次有被告站起身，跑到法臺前和我說話的畫面。

那是一個深夜超商打群架的案件，庭開完了、也順利促成和解了，諭知宣判日期以後，被告五、六個人，全是十八、十九歲的男生，沒有往門口離去，反而衝到我面前。法警還來不及上前攔阻，他們卻先開了口。

「法官，為什麼你要這麼為我們著想？」

我正低頭收著東西，一時不知道該怎麼把心裡的念頭具體說出——我現在所擁有的一切都不是理所當然，也不會把發生在你們身上的都當作活該注定……。要解釋這些太曲折也太彆扭了。

所以我最後只是模仿他們酷酷的語氣，回應道：「你們都還有大好的人生。今天過後，我們就不要再見到了。」

輯三——整個宇宙的寂寞

不過就是愛

我穿著黑袍坐在告別式會場外的接待區，有人來的時候，打起精神開口和他或她說：這邊簽名、有需要水嗎；沒有人的時候，就一直側身看向會場裡頭，偶而偷偷抽了桌上的衛生紙，輕輕沾著眼眶。

早上七點鐘，屋簷外面，雨很大很急地降下。兩個妹妹，大概是六、七歲那樣的年紀，在我旁邊玩著準備要發出的礦泉水。她們是禮儀公司員工的女兒，兩姊妹的媽媽正穿著黑色套裝，站在會場裡面，引導大家入座、時而起立、或者鞠躬。她們的爸爸則站在離我有點遠的角落，爸爸很兇地和女兒們說：「不要再碰了，那是人家的東西。」

我輕輕地和兩個妹妹說，沒有關係。她們對我噗哧一笑，然後姊姊忽然小小聲地看著我說：一加一等於？我不知道那是不在對我說話，一時間，三個人就面對面，下雨的聲音在唸經的聲音、木魚的聲音裡頭，而我們又在雨聲裡面。

我遲疑了很久，怯怯地說：等於二。妹妹睜大眼睛，姊姊立刻追問：二加二等於？我說，等於四。「那四加四？」「等於八。」「八加八？」「等於十六。」

我一路回答到了五一二。二五六加二五六等於五一二。姊姊至此和我說，你好厲害。而妹妹看到這樣一問一答，也叫我考她。我從頭開始問她，一加一等於？

她們兩個一起搶答說了二。然後是四、是八、是十六、是三十二。當答到一二八時，她們的爸爸叫了她們名字：現在去背書包，該去上學了。兩個人揮了揮手，一下子就跑走了。剛好時間差不多，我也要進到會場的最裡面，拿著一朵鮮花，放在棺木上，然後棺木就要安靜、永遠地蓋了起來。

小時候經過路邊的喪禮時，大人都說不要看，轉過身、或者把眼睛遮住。但直到自己真的站在裡面時，才真正明白，沒什麼好害怕的，這裡和很多儀式一樣，大家聚在這裡，大抵的理由不過就是愛。當你愛著一個人的時候，有人會看到、有人會理解，有人會用自己的方式，帶來給你此刻不可或缺的支持和溫暖。只是，你會掉一點點眼淚而已。

兩個妹妹長大在這樣的環境，比我更早朦朦朧朧地懂了這些事。而有一天她們也終將知道：我們這樣把數字加上去，就是二的一次方、二的兩次方、二的三次方……，得到解答其實很迅速、也不厲害。而且很多時候，很快地得到答案也不是我們真正需要的。人與人之間並不單純是在解決問題。已經是大人的我也常常忘記，有時重要的其實是得到答案過程中，那樣反覆地把關心、把在意，不厭其煩地給說出來。

名字

看了許多職業棋士的訪問，當被問道：「怎麼開始接觸圍棋的？」他們大部分人是這樣回答：小時候和哥哥、和姊姊一起去圍棋班，然後有興趣，就一直學下去了。

聽到這個答案，主持人也就不會再追問「那你哥哥你姊姊現在還有下棋嗎」、「他們去做了什麼」這種蠢問題。這道理你我都懂，因為他們此時此刻已經是擁有自己名字的棋士，而不再只是誰誰誰的弟弟或妹妹了。我們所看的，是屬於他們的訪問。那是只屬於他們的時間。

很遺憾的我妹妹不是那樣幸運的妹妹。我意外知道在她工作實習的時候，有些人會故意把她的名字叫錯，叫成我的名字，然後以此為有趣。如果是更早以前，我會責怪爸爸媽媽把我們兩人的名字取得這麼像，但現在只覺得傷心。

我們都是成年的大人了，身邊其他人也是。我們每一個，都是撐過許多別人看不見的磨難，經過一再自我質疑，才擁有今天的一切的吧？那為什麼又要如此否定或輕視妹妹作為她自己所付出的努力？只因為她和我一樣唸了法律系，然後做同一份工作。

我想著，那些沒再下圍棋的哥哥和姊姊，是不是讓弟弟妹妹比較快樂，自己也因此比較自在。然後又想到我的妹妹一定是笑著面對那些玩笑，善良到沒有破綻。《棋靈王》裡面，韓國少年棋手在輸給主角進藤光以後，流著眼淚和進藤說，告訴我你的名字、我會記得你的名字。多希望妹妹的生活裡也遇到了這樣的人和這樣的時刻。

告訴你我今天的事

小時候我們全家夏天會去住的渡假飯店，早上都會配發一份《聯合報》。那是十歲出頭的我，我會把副刊抽出來，帶到餐廳，靠著窗邊吃邊看。窗外是墾丁整片無缺的藍色，藍色的海和泳池。

平常我是不看報紙的，但小朋友暑假出去玩，智慧手機還不普遍的時光，整個白天和晚上那麼漫長，自然有字的什麼東西都看。然後看了後什麼都和爸爸媽媽說。和他們說別人的事（限於我看得懂的），也和他們說，以後我也想讓別人知道我們的事。

我後來真的成為了登上副刊的那種大人。只是和很多人一樣，同時也變成了和爸媽說話會不耐煩、不自在的大人。每次刊出日我會傳Line和他們說，買報紙。或許對他們來說那是幫我買一份留念的意思；但其實是：我還是想讓你們了解我的意思。

在場證明——懷念吳岱穎老師

我很少和人說過，甚至其實也不敢這樣自稱：我也是建中紅樓詩社出身的。而理由不僅只是我從來沒寫過半首詩。高中的時候流行一個名詞，叫作「幽靈社員」，意思是掛名在某個社團名下，甚至掛著一個幹部職稱，但從來不做任何事、也不會出現。我不是「幽靈社員」，但具體說起來可能比「幽靈社員」更荒謬一些，也更羞恥一些，如果要我自己命名，我可能會回頭稱呼十七歲的自己「詩社蟑螂」。或者中聽一點，叫作「蹭飯社員」。

紅樓詩社的社課在每個星期五晚上，五點半到七點，地點在潮濕的科學樓地下室。地下室鋪著木地板，很空曠，脫下鞋可以在裡面跑來跑去的程度。一排排日光燈管打開以後，整個空間就會像是暗地裡發亮的音樂盒，五六個人圍著桌子，和岱穎老師一起唸詩、讀詩，字句在唇舌之間靈巧轉動，發出聲響，然後畫面或意象就在朦朧之間開始變換銜接。

社課結束後，老師會帶著大家到寧波西街上的中餐館「京華樓」吃飯。「京華樓」是那種年菜打包外帶要事先預訂的餐廳，即便對我現在二十五歲要出社會的年紀來說，也絕對不便宜。而說岱穎老師是「帶」大家吃飯可能還不夠精準，他是會「請」大家吃飯的，每週都是如此，無一例外。之所以說自己是「蹭飯社員」理由就在這裡——我加入詩社很晚，高二下學期決心開始寫作，才找上這條門路。當時和建青社的學長立元很熟，透過立元探探岱穎老師的口風，想說能不能這樣中途加入[13]，老師倒是很直接地反問：來啊？為什麼不行？

所以我就這樣走進了科學樓地下室，推開了紅樓詩社的大門，短暫當了半

13 時間對每個高中生很公平，原則上會參與社團的時間就只有高一和高二兩年。所以我更像是到了最後關頭才上車。

年的社員。因為加入的時候已經太晚，所以沒有和大家一起參加過詩歌朗誦比賽，那半年裡面也沒有提筆寫過詩，大家討論作品、修改作品時，我都只能默默聽著，不會講任何一句話。在詩社的日子裡，每個人張開嘴，嘴巴裡有氣息、有旋律、有抑揚頓挫，對自己的作品偶而有捍衛、對別人的作品偶而有批評，但與此同時，我的嘴巴裡只有老師不斷夾到我碗裡的飯菜。

我總覺得自己格格不入。屬於紅樓詩社的地下室裡放滿了詩歌朗誦比賽的獎盃，書櫃上都是非常經典的詩集，桌上永遠散落著大家完稿有待修改的作品。那些東西無一屬於我。

可是儘管如此，我還是想回頭和詩社的大家說、和岱穎老師說，我也有我的在場證明。我待在詩社的時間是二〇一三年的三月到六月，梅雨季的時間，社課常常開始於下著雨的黃昏，然後結束在有月亮的晚上。撐著傘走去吃飯的時候，老師會主動和很少發言的我說話，關心我有沒有聽懂他社課講的內容，關心我最近寫得如何，然後和我說你可以去看些什麼、讀些什麼。有時，他又會半開玩笑地和我說，我說的話你不用全聽啦，你聽性傑師的就好了。好好聽他的話，你會有一天變得和現在不一樣。

岱穎老師知道我不寫詩，但還是理所當然地把我當成了大家的一份子。也是因為我不寫詩，所以和我說話時，他聊生活、聊吃食、聊電影，和我說這些東西都可以寫，但要寫得好是另外一回事。某一次一起搭捷運，淡水線的列車離開民權西路站要從地底來到地上時，他拉著把手看著車窗，和我講到畫面和視角的切換、講到時間軸的安排和流轉，已經沒辦法確切記得他是在說哪本書或哪部電影了，但我會永遠記得他最後和我說：你試試看，你可以。

是「你試試看，你可以」，而不是「你可以試試看」。後來，我的第一次嘗試出現在〈指叉球〉，在最後描寫棒球落下的段落，我真的調慢了時間軸、剪接不同畫面和視角，嘗試創造，或者說還原了一個凝氣屏神的場景。現在回頭想起來當然很不成熟，但就是那篇文章得到了大獎，因此改變了我一生。

我真的變得和當時不一樣了。當時在詩社和我要好的尊毅、宗佑、立元，以及往後許多學弟陸續都在台積電文學獎得到了新詩獎，我雖然在寫詩的方面沒有相同的天分和努力，但也還是從老師身上得到了無比珍貴的東西。那是我對文學最初的想像，也是唯一的想像——你是什麼樣的人，就會寫出什麼樣的東西；你要變成那樣的人，才有可能寫得出那樣的東西。以前的我、以後的我，都想要做個和老師一樣有品味、有質感的人，在文學也是、在其他地方也是。永遠不要為了流量或金錢而失去堅持和優雅，生活不過就是一個比詩社發光的地下室更巨大的音樂盒，輪到自己這裡要發出聲音時，要做一具好的齒輪。讓人覺得是相契合而不是相妥協的齒輪。這就是我在紅樓詩社待過的證據——即便我認識的岱穎老師，是不會在乎這些證明的。

在他心裡一定是這樣：學生有沒有寫過詩、有沒有繼續寫詩一點也不要緊，好好長大成人就行了。

好好長大成人就會無愧於老師花在我身上的時間和飯錢。我想到不久前收到了一個學弟的訊息，訊息裡他和我說一直在煩惱一件事。他覺得在建中，在男校這樣的自己常常感覺不自在，很在意別人的眼光，害怕寫作被嘲笑、被揶揄假掰。當下，我很誠實地和他說自己高中的時候沒有這個煩惱，高中的時候我待在紅樓詩社裡，身邊都是和我很像的人。

現在我想和他說，我的答案錯了。我沒有那樣的煩惱是因為有一群和我很像的人，可是沒有詩社的話，大家也不會聚在一起；而沒有岱穎老師，也不會有足以聚集大家的詩社。謝謝岱穎老師看著我長大成人，沿途守護像我一樣，害怕自己和別人不一樣、但也相信自己會和別人不一樣的少年們。

邱老師再見

我們在一個平凡的下午得知了消息，邱老師因為氣喘發作，昏迷太久而缺氧，準備要拔管了。隔天，他就離開了大家。那是一個下著一點雨的晚上，我放棄搭公車，不想見到人或和誰說話，刻意騎了很遠的腳踏車回家。

路上我回想了很多事，但一直沒有掉眼淚。因為越想越多，發現老師真的是一個很酷的人。我們遇到的時候我十一歲，小學五年級，老師每天比表訂的時間早一個多小時到學校，然後掃地；掃完地後，他會開始在黑板上抄唐詩、宋詞，從原文開始，接著是翻譯和賞析。他要求大家都跟著抄，然後隔天要默寫。中午吃完飯後到午休前的時段，則是抄成語和典故，每個周末用學到的五個新成語寫短文。還有最特別的是，我們連絡簿上永恆的第一項作業就兩個字：日記。一年三百六十五天完全不中斷的那種。沒有開玩笑，我真的連續寫了兩年七百多天的日記，沒有什麼星期六日或寒暑假之分。

這些事情幾乎改變了我一切。比如說我鍛鍊了非常精準的文字表達能力，讓自己能夠很沒有壓力地當一個法律人、通過很多考試。又比如說，我唸了一個升學至上的國中，國一第一次段考學校出了下馬威的國文考卷，想要讓大家知道自己身在什麼地方。那份考卷，班上及格的人屈指可數，但我考了九十七分，遠遠比第二高分的人多了快三十分左右——因為考卷裡一堆大家沒看過又冷門又艱澀的詩詞文言文，我早就都讀過了。當時，一直不斷想要找機會羞辱我、讓我難堪的國文老師從此對我改變了態度，我因此對這個學科還抱有一點興趣，然後沒有對文學反感、甚至後來能稱得上一個作家，最後也都要感謝國小五六年級那兩年的時光。

不過其實，當我還是十一、十二歲的小屁孩的時候，是沒有察覺到這些事的。那個時候如果問我為什麼喜歡自己的導師，那麼我會說：他讓我們打棒球。臺北市中心的國小空間很小，學校是嚴禁這件事情的；可是老師想出了折衷方案，他教我們用紙球、用皮球來打，手臂當球棒，這樣安全許多，可是依然保有著投捕的樂趣。然後，假日的時候，他犧牲自己的休息時間，帶我們去河濱公園，用真的球棒、真的手套，一整個下午或甚至一整個白天，打真的棒球。這幾乎就是我的童年的全部，長大回想起來，老師大可選擇成本很低的方案：禁止我們打棒球，可是他沒有這麼做。老師也一定知道我們之中沒有任何一個人能夠真正成為職棒選手，可是他還是選擇了用自己最大的力氣，守住我們每一個人還沒汙濁的笑容，同時幫助我們在長大之前學會一些珍貴的事——學會在失望面前變通，也學會在渺小之前不要輕易失望。

我很想念老師。騎腳踏車回家的路上我在想，如果有什麼遺憾的話，那就是今年教師節我貼出了自己在《幼獅文藝》雜誌刊出的文章，同時點名了幾個從小到大無比感謝的老師，可是名單裡面沒有提到他。但那其實不是他的問題，是我的。是我還沒有準備好再見到他。國小畢業典禮那天之後，我就沒再看過他了，然後十二年就過去了。這十二年之中，老師退休回到花蓮老家，班上同學好多次去探望他，或者老師來臺北也約了大家見面，可是我通通沒有出現。

我是故意的。國小畢業典禮時，我們班準備的表演是國標舞，老師一個人編舞、教舞，我本來在上臺名單之中，可是在日子將近的時候，因為不想和自己的舞伴搭檔，所以退出。我的退出當然造成了很多麻煩：除了舞序和隊形要重新編排，我也沒有找任何人取代我的位置，因此原本的舞伴勢必也要被迫離開舞臺。老師要怎麼安撫人家的情緒？要怎麼和人家的爸媽交代？這些都是我長很大以後重新回想起來，才意識到的事情。每一次想到，我都想回去把幼稚的那個自己掐死。可是，當時我完全沒有受到任何責備，也沒有感受到任何壓力。老師只是給我理解的笑容，沒有阻止我的決定。

那個笑容背後要承受多少壓力？或者換個問法，要有多少心理建設還有理解包容，才能露出那個笑容？現在已經二十五歲的我依然不敢想像也不能想像。除此之外，在我高中大學剛開始寫作時，文章裡提到老師，都不是什麼太好的形象。我真心覺得老師很酷，但其實「酷」很容易被誤會成「奇怪」，在我初初拿起筆時，拿捏得不好，傷害了太多人，結果好像大家看到的老師不是很酷，而是很奇怪。老師一定有看到那些文章，可是這幾年來，我的每篇貼文，他都還是默默按下了讚。

大概就是這樣了，故事說到這邊。就是這些事情讓我覺得自己根本沒有臉回去見老師。在他那個年代，十幾二十年前的臺灣，身為一個生理男性當國小老師一定受到很多質疑和不信任吧，特別他又是這麼特立獨行、不聽學校和家長的話、全心全意捍衛著學生的老師。我這幾年偶而想到他，都在假想：如果我是老師，遇到我這種學生，一定失望或者心痛到不行。一個成績這麼好，長大後很可能很強大而肩負很多責任的學生，但其實是個又任性、又自私而沒辦法體貼別人的傢伙。我現在就好害怕自己會變成這樣的大人。

不要成為自己想到都厭惡的模樣。這就是老師教給我的最後一件事了。以前下課的時候會和老師說謝謝，但這次要說的是對不起。我愧對了我得到的很多溫柔，也不值得那些時候的不計較。對不起，以後我會努力成為配得上這些事情的人。我會成為配得上作為你學生的人，繼續好好而且誠實地長大。雖然來不及給你看到，但我知道，你在等我、你會等我。

與臺南市無關的臺南故事

你來臺南半年了，偶而被知道是很純正的臺北小孩，就會有人問道：來臺南之前對臺南熟嗎？和臺南有什麼地緣關係嗎？

那種時候你都會稍稍愣住。猶豫一下，最後搖搖頭回答，沒有。沒有關係。但你其實很想要有段足夠的時間，從一個有關黑面琵鷺的故事說起。

那個故事是這樣的，在你還是小學低年級的時候，國語課本提到了黑面琵鷺。教科書廠商提供給老師的教案裡有個問題要問小朋友：因為環境被破壞，曾文溪口的黑面琵鷺越來越少了，你覺得我們能做什麼？

你上課恍神，但卻被老師點到了。總是會在這種時候被老師盯上。然後，你不知道有什麼毛病，脫口說出了這句話。「那就把黑面琵鷺的保護區從曾文溪往北移到八掌溪啊」。

全班都停住了，包含老師在內。老師想了好一下子才反應過來，和你說，你有在聽問題是什麼嗎？

現在你回想起來這件事，依然相信自己那時和長大以後很多時候並不一樣。你不是在搞笑，也沒有覺得尷尬，而是下意識就想要那麼說。

你一直記著你爸爸和你說的，我們每次回家，都會經過八掌溪兩次。

那個家指的是他的家，你阿公阿嬤的家。其他臺北小孩知道八掌溪在哪裡、是什麼嗎？高速公路往南越過八掌溪就是臺南，臺南的第一個交流道左邊往新營右邊往鹽水。你從小在鹽水點心城最喜歡的不是鹽水意麵，而是米血糕和鴨肉米粉，原因或許是你爸爸都這樣點。吃完車子沿台十九線往北再次跨過八掌溪大橋，就會回到嘉義。

如果高速公路繼續往南，依序會是八十四號快速道路、麻豆、安定、永康。白河、官田、善化則在另外一條高速公路上。

你和臺南沒有地緣關係，但真的從你七歲上小學開始，就對這些地名熟記在心。就只對這些地名熟記在心。熟悉到，在二十年後的幾個收假日黃昏，自己開車從臺北回來臺南，過了八掌溪，就會開始在嘴裡逐一碎唸它們。

天空好遼闊。右手邊低矮的建物迅速在離去，但綿延的稻田、溶溶的落日好像一直追著你。

原來在駕駛座是這種感覺。你想和二十年前的自己說，真的滿不錯的，可是你也想和他說，你願意付出此刻的一切再擁有一次他那時的無知。

當時那些地名都還在臺南縣裡，如果你曾經在它們還是鄉、還是鎮的時候抵達過它們，那一定就是年節出去玩的時候。從阿公阿嬤家出發，那種時刻你會想要搭大表哥他們家的車而不是你爸爸開的車。大表哥比你大將近十五歲，你都叫他大王，你覺得大王很帥，帶你玩大富翁、陪你看一堆港片、教你打麻將，和你這麼親近，但卻有資格坐上專屬於大人的駕駛座。他握著方向盤，然後開得比爸爸或任何一個姑姑、姑丈都還快。

但你更喜歡偶而換成大姑丈開車，因為這時大王就會破例抱著你坐在副駕駛座。這是平常完全不被允許的事，你在這樣為數不多的機會裡瞥見了擋風玻璃裡的天空是什麼模樣。因為身材還很矮小會稍微仰著頭，所以是瞥見不是看見。

現在某些星期六天氣明朗，你在擋風玻璃裡看到自己反射的身影都會想著，從前的他，也在擋風玻璃照見了自己嗎？

那個「他」不單指小時候的你，還有那時候和你在不同車上，開著你們家車載著阿公阿嬤的你爸爸。

然後你繼續踩著油門，轉動方向盤讓車子走台十七線、或上國道八號、或轉八十四號快速道路……，帶著車上同行的人去七股鹽山，去烏山頭水庫，去走馬瀨農場。你選的景點都是你小時候去過的，沒有特別和誰講，就只是私心想要回去看看那些地方變成什麼樣。

結果你發現記憶裡很高的鹽山竟然沒有特別高，記憶裡很大的農場也沒有那麼大。還有，這些景點都沒有記憶裡那麼有趣了。可你還是會象徵性拍幾張照，用Line傳給你爸爸，和他說這個週末去了哪裡玩、和誰去，目的只有一個，你在等他打出對話結束前，那永遠的最後一句話。「你小時候去過，你忘了？」

你讓他說出這句話，是想要接著反問他：那你那個時候有快樂嗎，還是，只是像在完成某些任務而已？

雖然你從沒真的問出口。

你在長大後慢慢明白你爸爸對阿公阿嬤其實有諸多埋怨。他和你說阿公阿嬤在他剛出生時沒發現他發高燒，讓他後來一隻耳朵幾乎要喪失聽力。和你說考大學時被逼迫考醫學系，結婚時沒有被祝福，出社會以後需要幫助卻沒有回應……。

然後你媽媽就被夾在之間。你開始懷疑她結的婚是不是真的快樂，卻又經常看她無比自責。自責你和你妹妹在長大以後與阿公阿嬤好像並不親近，連臺語都說得零零落落。

如果哪一天你真的問了你想問的問題，你也會同時想讓你爸爸知道，你此刻和以後都會是站在他那邊的。而與此同時你也站在阿公阿嬤那邊。這並不衝突。每個人都會有自己版本的故事，你重新回到那些景點那些地方，什麼都還記得。你會謝謝你爸爸還是帶給了你曾經和所有表哥、表姐、表妹都很要好的童年。

你害怕的只是阿公或阿嬤離開之後，你爸爸什麼都不願意做而已。

不過在阿公出殯那天，他還是盡責地捧著牌位和骨灰，過完他當阿公的兒子的最後一天。那讓你在所有儀式都結束回到臺南後，能夠在下一個週末安心地、踏實地再去其他地方。

你上了西濱快速道路一直往北，最後在越過八掌溪前下了交流道，抵達南鯤鯓。車子緩緩駛過代天府高大的牌樓，才剛停妥，引擎正要熄滅，忽然就聽到外面一聲又一聲「砰」的巨響。

無數彩色的煙霧彈筆直升起，然後在半空中炸開。

你不知道那是為了什麼祭典，就像你從來沒有搞清楚，從小在這座廟裡，拜的每一個是什麼神明。

可是沒關係。你知道求的是平安就好。媽媽叫你跟好大王，你於是一手牽著大王一手牽著阿公；再大一點，媽媽叫你扶著阿公，所以你和大王更貼近了阿公身體一點點。就這樣一年一年。代天府裡的人永遠那麼多，你站在神明面前，阿公和爸爸、姑姑們和媽媽，所有人也各自站好，唸唸有詞。你知道得到的是愛就好。

幾分鐘過去。煙霧彈放盡，彩度極高的雲霧漸漸散滿了廟埕全部的天空。

你沒有急著下車，就只是把上半身全部靠在方向盤上。隱約的煙硝味裡你又想到很後面的後來、很靠近的最近，在火葬場的休息室，大王對著正在低頭滑手機的你說：我們有多久沒有這樣坐在一起講話了？一時之間感覺到刺鼻，也濕潤了眼眶。

氣味

因為實習搬來到臺南，住在火車站旁，法院的宿舍。入住第一天，推開門，整間房子有個味道忽然就占據了鼻腔。遙遠可是熟悉。

那個味道有點難形容，和小時候每次回到阿公阿嬤家所聞到的一模一樣。不是霉味，我想，就單純是房子空曠了很久，靜默的家具、迴旋的光線與灰塵，綜合起來的味道。

阿公阿嬤家在不靠海的嘉義海線上，已經接近新營和鹽水。是一棟透天厝，二樓和三樓長年大多空曠，可是走上去，永遠會看到阿公已經擺好拖鞋，也稍稍打開了落地窗。

窗簾輕盈地搖晃。外面是早市的叫賣聲、機車聲。我在那裡擁有了臺北小孩一輩子慎重而且珍貴的年節時光。在榻榻米上滾來滾去，和大我很多的表哥們就著電視一再重複播放周星馳的賀歲片，然後玩大富翁、學打麻將，輸的時候會哭，可是輸多了也就學會了什麼是風度。擦掉眼淚，傍晚和阿公去附近的國小跑步，跑一跑繞到很遠的河堤，最後一起走在晚霞裡，去吃海產餐廳的晚餐。

阿公在我來到臺南後一個月離開了。已經去到臺北將近十年的他，沒能和安靜的、南方的小鎮說再見。

我請了幾天假，再回來宿舍時，是星期日的黃昏。陽臺的落地窗不知道是不是忘了關，留下縫隙，一旁透明的遮光簾微幅晃動著。我靠上去。應該已經在這房子散去的味道，一時間又隱約出現了。

仔細想想，更精準來說，那好像是磚造房屋，長期被無私的陽光曝曬過、曬過頭，最後留下來的，臺北不會有的味道。

整個宇宙的寂寞

14

Dear 遙，

重看了岩井俊二的《青春電幻物語》，裡面我最喜歡的一幕是當時只有十五歲的蒼井優（飾津田詩織），帶著市原隼人（飾蓮見雄一）來到兩個人絕對負擔不起的西餐廳大吃大喝。知道一切原委的蓮見擔心又哀傷地吃不下飯，甚至也開不了口說些什麼，倒是津田不斷安撫他、然後一邊加點了許多東西。受傷最深的她卻還是努力活在明亮裡，把自己，也想把身邊的他，包裝成那個年紀本來該有的模樣。

這讓我想到我們十五歲短暫重新見到的那個晚上。十年前的夏天，遠離臺北、鄉間安靜的大學裡，有名的文學雜誌舉辦有名的文藝營。在宿舍的門口忽然有個聲音叫住了我的名字。我轉過身，覺得是自己不認識的人，以為聽錯了，就要回頭往前走。不過妳很快追了上來，夾腳拖趴噠趴噠的聲音裡，再一次把剛剛口中的三個字複述一遍，確認我是不是那個人，然後說出自己的名字。很失禮，但當下我還是完全沒有印象，直到妳簡單說出我們究竟是什麼關係。

我們曾經短暫地同班了兩個星期。然後我就轉學了，像是去很遠的地方，以為新的生活就是自己的一切，幾乎失去了在那之前全部的記憶。我們走到男宿女宿之間的中庭坐著，妳笑著和我說，沒關係，女生的變化本來就會比男生來得多。我點點頭，脫口而出：「我本來以為我們會變成最要好的朋友的……。」說完同時，發現有點不妥，畢竟幾分鐘前我還是認不出對方的那個人，

---

14 本篇完成於二〇二一年七月十七日，內容經過當事人同意書寫、適度去識別化修正部分情節並發表。

即便是真心的，但聽起來也未免有點太客套或太矯情。於是我急著想解釋，想要從記憶裡喚回一些具體的場景作為證據，但妳忽然就打斷了我，回應道：「我也這麼以為欸。」

「好懷念喔。可惜你轉學了。」妳說。

「啊？」這下換我愣住了。只有短短十幾天的相處，又是距離當時已經六、七年的事，怎麼會用「懷念」這個詞？「記得」是一回事，可是那和「懷念」是完全不同等級的事情。

「我說的是真的啦。」也許是看見我疑惑的表情，妳補充：「我到現在印象都還很清楚。超喜歡那段時間的。雖然滿短的就是了。」接著妳就說起了許多和我記憶一樣的細節，甚至更詳細。三年一班的教室，我的座號在你後面一號。兩個人分配的座位在隔壁，桌子併在一起。下課一起狂奔去操場或合作社；午休必須睡覺但又睡不著，轉過趴著的頭，悄悄、慢慢睜開眼睛，發現隔壁那一雙眼也在柔亮地看著自己。

很小的時候的回憶就是那麼溫柔明亮。遙，可是妳應該也知道，之所以想起了文藝營那個晚上，不會是因為那些還不滿十歲、快樂而且無害的事情。事實上只有兩個禮拜，十多天不到的回憶，也沒辦法說那麼久。回想起來，後來我們似乎是花了一整個晚上坐在中庭的路燈下，坐在那裡的。

妳和我說了我轉學離開幾年後，青春期所有發生的事。不知道為什麼，覺得上學很快樂、交朋友很容易的自己，忽然就被討厭了。原因嗎？起初也會想問、想要明白，會寫一張張字條或卡片，或者無論如何，先站到那個人、那些人面前說對不起。但全都被無視。當然後來還是知道了，彷彿只要蒐集到夠多的白眼、看過夠多當場撕碎的紙片，就會像集點一樣兌換到答案。

「她們會跟著你來到廁所，你進去，幾個人就躲在隔壁間，故意大聲說給你聽。然後其他不認識你的人也都會聽到。」

「或是在無名小站發文，文章鎖起來，但會有其中一個人好心『透露』密碼給你。你明明知道看了會更難過，但就是會忍不住去看。」

妳說。每一件事都是指名帶姓、四處傳播的。和哪個男生太要好。講話為什麼要那麼靠近男生。為什麼要搭誰肩膀勾誰的手。上課看別人那是什麼眼神。是多缺愛。噁不噁心……。

而在明白原因後，其實也不用自己和班上的男生保持距離，要好的幾個，很快地就逐漸沒什麼交集了。「不過呢，只要有了第一個被討厭的理由，接下來就永遠會有下一個的。」發育的身材啊。戴了牙套的長相啊。裙子的長短。鞋子的款式。甚至連洗髮精的味道都能夠被嫌棄。

「所以我也不會怪那些曾經和我要好的男生吧。而且，如果是我的話，說不定也會同樣閃得遠遠的。」

「是你的話，你會嗎？」

「你會保護自己，還是……」妳轉身看向我，淺淺笑著問到這個問題。

到這邊大概是故事的一半。那一時間我有點太震驚了，沒有回答，只能一口氣拋出累積在心裡的疑問，不曉得那樣也可能傷害到人——老師知道嗎？妳有和爸媽說嗎？升上國中以後呢？

而妳雙手撐著椅子，上半身因此挺直，頭仰起來看向了天空。

原本燈火通透的宿舍，好多好多窗格已經暗了下來。

「你知道我為什麼會來這裡嗎？」妳一邊開口，一邊看著在我們頭頂安靜的月亮。「因為我覺得這裡面不會有認識我的人。」

只要那些製造或看過狼狽的人還有任何一個，一個就好，還在身邊的話，一切就會繼續狼狽下去的。

和老師說……，老師真的都很溫柔，只是每一個被叫到導師室的她們或他們，都會說是不小心的，說是好玩的。

還有，其實回到家沒有比較好。爸爸媽媽都不知道。在他們面前，要繼續做成績還不錯、人緣還不錯、什麼都還不錯的女兒。煩惱一概都說：考試壓力。

妳舉起了自己的左手，看著，然後顧自地說下去：「這就是我的國中生活喔。」

「某些很絕望的時候，都會覺得：我是去看過地獄長什麼樣的人。」

「可是，馬上又會因為這樣的念頭而感到羞恥。畢竟，其實我還是離死很遠吧。那些事甚至沒有傷到我身體任何一點。」

「我偶而會想：如果對象不是我的話，我會不會也在其中得到樂趣⋯⋯。或者不是樂趣，是優越感、慶幸感、歸屬感⋯⋯，總之某個能夠確認自己活著的意義的東西。」

那就是大家需要的吧。看著某一個人永遠找不到分組的組員。看她需要低聲下氣地求著別人。看她抽屜被塞了喝過的鋁箔包。游泳課完找不到內衣。考試沒有立可帶。隨身碟掉下樓。便當盒被打翻。

「只不過可惜剛好是我而已。」妳說。輕輕呼出一口氣，慢慢放下了手。

我也都看見手腕上那幾道深深淺淺的痕跡了。即便在路燈暗了下來以後，是靠著遙遠的月光。

我們坐得很近，但像是被整個宇宙帶來的黑所包圍，然後壓縮到角落那樣。沒有聲音的角落。遙，那個時候我一直以為妳說著這些，會在某一刻終於忍不住掉下淚來。但妳終究沒有。沒有啜泣，只是偶而兩個人都說不出話。

可是不說話的時候，妳又會微微笑著看我。瞇起眼，彷彿發著光。

《青春電幻物語》裡頭，蒼井優演的津田之所以會帶蓮見去吃飯，是因為她趁著客人睡著的時候，把人家的錢包帶走，然後溜了出來。津田被拍下了私密照，因此一直困在被迫接客援交的日子裡。那場午餐，是她珍貴的放風。

除了援交，《青春電幻物語》還講了暴力和恐嚇，講強制性交，還有講死亡。再一次想起那個晚上，十五歲的我還對這個世界理解太少了，所以不知道該和妳說些什麼，怕說什麼都像雲淡風輕、事不關己。現在過去十年，遙，我想和妳說：我是相信地獄那個說法的。

我沒去過的可怕的、寂寞的地方，或許真的都是地獄。即使是不構成犯罪的傷害或傷心，留下的陰影也可能相同，而且是我們任何一個沒有經歷過的人，所無法估計。

關係的剝奪和身體的剝奪一樣殘忍。心裡的死去也會等同於生理的死去。

而已經死過的人，是不會哭泣的。

曾經我覺得《青春電幻物語》的劇情過分誇張而與實際不切合，但是現在的我感覺：那都可能是真的。而且真實到不行。岩井俊二在最後給了大家一個看似明亮有光、彷彿重拾希望的結尾，但很遺憾的我並不那麼認為。長大不會是仙丹，大家不會忽然就因此一切都好起來的。電影只有講了青春期，但其實成年以後的世界，也常常是那種程度的劫後餘生。

長大以後，我身邊有人在捷運上被性騷擾。找不到人陪伴一起去開庭，我去了。對方的辯護人一直代他乞求原諒，想要降低緩刑條件。法官則堅持要他先親自回答，做過幾次了、為什麼要這麼做。他說因為好玩，因為好奇。

有人洗澡被室友秘密錄下，接下來面對著無止境地勒索要脅。中文講得不太好，只好夾雜英文問我，該怎麼辦，電話裡直說抱歉，害怕又卑微。後來找律師寄出了存證信函，馬上就收到回覆希望和解。對方說只是玩笑，不知道這麼嚴重。

還有太多了。我能夠想像電影裡面主謀的星野（忍成修吾飾），以及其他參與傷害、帶來傷害的男男女女，如果他們被抓到的話，也會說出一切都是出於好玩。我沒想到會變成這樣。我原本沒有惡意。

最後說出一句對不起。說了對不起之後，也就少有人再關心背後真正的原因。

儘管我們每個人都知道，所謂「好玩」大多是假的。那只是某些很純粹又難以啟齒的感覺的包裝。

或許是討厭，是嫉妒，是看不起。也或許是膽小，是畏懼，是想要認同和關心。

於是害怕的人帶給了其他人更多害怕；寂寞的人帶給了其他人整個宇宙的寂寞。

十五歲的那個晚上後來飄下了小雨。我們倉促地在雨的聲音、雨的氣味裡說保重和再見。和過去無人知曉的深夜說再見，然後走進以後也無人知曉的雨裡。那一刻，妳輕輕揮著的一樣是留有痕跡的那隻手。

我們往後就沒再見到了，多年以後，我在社群軟體上看到妳成為了會笑、但也會哭的那種人，一直至今。會因為驚喜的慶生而哭，也因為被愛的人承諾而哭，妳成為了勇敢而無缺的那種模樣。因為勇敢，才能無缺。我想說的只有太好了和對不起。

對不起，在習得法律之前，我也不是有勇氣站出來的那種人，沒有在長大的過程裡帶給更多人勇敢無缺的可能性。遙，這是十年前那個問題我的回答，晚安，對不起。

輯四——你在暗中守護我

平安抵達

期中考週結束了。我當助教的那一堂課，是一堂會讓大二的學生第一次感受到自己過去一年學得很少、記得的也很少的一堂課。考試前和考試後，都有好多人來問我和上課內容本身沒那麼有關的問題，比如：東西很多記不起來怎麼辦？看到考卷不會寫怎麼辦？考卷寫得不好又該怎麼辦？

每次聽到這些問題，我都會想到好多年前，剛剛認識安信學長的時候。安信是我大學在法律系少數認識的學長姐，更精準來說，扣掉他，那個時候我大概也沒認識誰了。而這個原因很簡單，我是轉系生。我不知道其他系所如何，但在法律系裡面，學長姐能夠具體實質帶來的好處絕不只是吃家聚請請客、考試前送送歐趴糖、新學期出借以前的筆記或課本⋯⋯。法律系（至少臺大法律）這裡有個神秘的組織叫讀書會。當年度通過研究所和國家考試的學長姐，會在讀書會裡帶下一屆的學弟妹複習過去所有內容，然後一起寫題目、檢討考卷。一切都是無償的，因為學長姐也曾經是學弟妹，也曾經是受益者。

如果要我現在誠實地說，單就準備考試、成為律師而言，讀書會本身比大學部很多課還有補習班有效很多。我自己也是到了大四，在讀書會裡面，才知道怎麼沒有負擔地記下很多東西，同時有著很厲害的考試技巧。當然，我現在沒有要教大家怎麼讀書寫考卷，我想要說的是：如果是法律系的學生，其實大二不用太擔心考試有關的問題，大家口耳相傳，自然有門路、有管道在大四的時候得到很多幫助。所以當學弟妹來到我面前，煩惱這些問題時，我都會先問他們：你原本就是法律系的嗎？如果是的話，那不用緊張，盡量把現在學的都搞懂就好了。

可是如果不是的話⋯⋯。我就是不是的那種。因為原本不是法律系的學生，所以沒有認識的學長姐；沒有認識的學長姐，就不會得到消息知道怎麼加入、什麼時候加入讀書會。時間回到我快要升上大四的時候，我在法律系的好朋友們問我說：你有加入讀書會了嗎？我才知道有讀書會這個東西。而那個時候，距離應該要卡位、要報名、要加入的時間，已經超過兩個多月了。

法律系的學生常常陷在集體的恐慌和焦慮裡面，所以修課名額也搶、上課座位也搶，讀書會當然也是用搶的。現在回頭想起來，我不會去責備這些事情勢利或者愚蠢，每個十九、二十歲的人，站在成年的交界，一定都是日復一日地在和卑微還有脆弱拉扯。很多時候顯得自私，只是因為唯有不讓心裡的那個自己絕望或死掉，才有辦法真正好好地去善待別人。我也曾經在那樣的時間裡頭。大三下學期的五月底，我鼓起勇氣開口問了安信學長：我沒有讀書會，該怎麼辦？

而我一開口卻又後悔了。我認識安信學長，只是因為我們修了同一堂語言課程，兩個人一個星期只會見到一次，認真來說，雖然認識，但不能說很熟。學長那個時候已經碩二，是個大學畢業應屆通過所有考試、很厲害很厲害的人。這樣開口冒昧地向他求助，感覺像是我高攀了學長，一方面很尷尬，一方面可能也會讓他很為難。可是學長聽完後，立刻很熱情地和我說：「真的喔？好，不要緊張，我幫你找，有消息再和你說。」

那是五點二十分下課的時候，學長離開前在教室門口被我叫住。我本來覺得能夠得到這樣親切的回應就夠了，就算只是客套的敷衍也沒關係，畢竟沒有任何一個人有義務要幫助另一個人，別人的付出不會是理所當然，我如果僥倖得到了什麼，也不會是當之無愧。可是安信學長卻真的很認真地把這個請求放在心上，然後也用了百分之百的力氣幫助了我。

我在升大四的暑假到來前，順利加入了一個民法讀書會、一個民事訴訟法讀書會。除此之外，學長還回答了我很多那時課業上的問題，學期結束的時候，主動找了我和他的朋友們一起去吃石頭火鍋。這麼多年過去，回想起來都覺得：如果沒有學長，我根本沒辦法成為今天這個模樣。我說的不只是考上研究所還有通過所有的司法考試——我在法律系的日子，即便擁有要好的一小群朋友，可是還是很多時候會意識到，自己就是個血統不純的外來種。這種感覺在大家提到學長姐時尤其強烈，那些時候我在旁邊微微笑著，心裡卻都有個念頭閃過——在法律學院裡面，那麼多知道而不認識我的人，會不會覺得我就是個過來搶修課名額、搶上課座位、蹭法律系熱度又瓜分許多資源的人？我的大學生活後半幾乎都在這樣的自我懷疑之中度過。在一個朦朧而難以描述的陰影裡面，不知道自己能不能夠被陽光那一頭、還不認識自己的人所接受。而安信學長就是從陽光那邊，慷慨伸出手的那一個。

我在法律系沒有直屬學長姐，可是得到的加持和守護並沒有比較少。那是十九、二十歲的我。那個時候，我還不知道自己會變成什麼樣子，可是也是從那個時候開始，我暗自希望自己成為學長那樣的人。一個很厲害，但卻很容易親近、相處起來也完全沒有負擔的人。就算最後沒辦法變得那麼強大，可是至少也要能夠帶給別人善良或者安心的感覺。

我最近一次看到學長是今年六月在傍晚的法律學院，那時我趕著去上學分班的助教課，學長遠遠和我打招呼，我問他你怎麼在這裡，你不是在實習嗎。他和我說，實習結束了，現在回來司法官學院考最後的考試，然後就會分發。我認真地和他說考試加油，就像之前我的每一個考試前，他都記得要傳訊息和我說加油那樣。

　　那時，我們站在法律學院兩棟大樓的小徑之間。漸暗的天色裡，忽然有種奇妙的感覺：我竟然真真正正成為一個法律系的人了。彷彿有人拉著我的手帶著我一直往前跑那樣，雖然沿路上都沒有陽光，可是終究平安抵達了沒有一片烏雲的天黑。

借我一段有你的時光

Dear 科法所 R07[15] 的大家：

夏天的時候，我去看了一場時裝展的走秀。那是實踐大學推廣部服裝設計專班的成果發表會，走秀的最後，所有設計師，也就是修課同學們，帶著他們的模特兒出場謝幕。他們許多人走過伸展臺、站在聚光燈下時，還抱著捧花戴

15 全名叫作「科際整合法律學研究所」，事實上就是學士後的法律研究所，限定必須要大學非法律系畢業的人才能報考就讀。R07 則代表入學年度為民國一〇七年即二〇一八年。

著妝，就忽然流下了眼淚來。如果是一年前的我，一定沒有辦法理解那樣哭泣的原因，可是認識你們、教了你們一整年後，我在現場也有同樣激動的感覺。那一刻我想起的就是你們大家。

你們和臺上那些人一樣，在將近三十歲、或者超過三十歲的年紀，決心放掉自己原本擁有的東西，從零開始，全職來到另外一個完全陌生的領域。我不知道如果是我、五年後或者十年後的我，能不能擁有同等的勇氣。我是你們之中年紀最小也還沒有出社會的那一個，出了教室以外，你們是樂團的經理、是記者、是高中公民老師、是公務員、是吉他老師、是牙醫……，光是想到你們願意每週每週來上我的課，然後一次一次問我考卷哪裡寫不好、哪裡可以改進，我就覺得你們都是非常勇敢的人。

你們很常問我問題時先說出：「這個問題感覺很笨……」，但我從來沒有這樣覺得。因為我知道一旦離開了法律，我才是一無所知的那一個。我教你們消費者保護法的商品責任，但我沒買過車也沒買過房，從沒和車商、建商或仲介周旋過；我教你們分辨家事事件的類型、寫訴之聲明，但我身邊從沒有人離過婚、搶過小孩子的監護權[16]，或者發生遺產爭執；我教你們刑事訴訟中錄音錄影證據的性質和合法性，但其實我連監視器畫面會不會同時有聲音都不確定。這些事情和經驗都是你們告訴我的。有時候我也會問你們原先工作上發生的事，你們有些人會害羞地和我說：「啊那沒什麼好說的啦、很無聊」，但只要你們有說出口時，我都很認真地在聽。

很多人問我科法所到底是個什麼樣的地方，我都會說，比法律系本身有趣很多。我在那裡看到了另一個世界，然後交到了很酷的朋友。這每一句話都是真的。和你們一起吃飯的時候我都有種奇妙的感覺：明明剛剛上課的時候我還是大家的老師，但一下課就變成了那個被照顧安好的弟弟。我們一週上課兩次，一次是星期三下午的課輔，另一次則是星期四晚上的讀書會；星期四晚上結束時都將近深夜十一、二點，我提議想要吃涮涮鍋、想要吃居酒屋，從來都沒有人拒絕我，而且常常莫名其妙地被付掉餐錢，最後還有人騎車或開車送我

16 父母對未成年子女保護教養的權利義務，在民法上正式名稱為「親權」。

回家。那是我一週最喜歡的一天。吃完深夜的晚餐，擁有一種身心全然放鬆的感覺，站在將要打烊的店門口，覺得自己被整條街最後安靜的燈火圍繞著。一週就要結束了，所有黑暗都在離我有段距離的地方、也都已經結束了。

可是我也知道，星期四不會是你們最喜歡的日子。隔天星期五，也就是吃完晚餐不到八個小時後，你們都還要早起上八點鐘的必修課。那是法律系最可怕的一堂課，民事訴訟法。

所以要非常、非常感謝你們每次都答應我任性的請求，陪我吃晚餐。我對科法所的另外一個感想就是：好辛苦。事實上沒有學習一門新的知識或技術是輕鬆的，不過因為受限於修業年限，加上另外要寫論文，所以你們的課程規劃又遠遠比大學部來得緊湊。要在那麼短的時間學完大學四年都不一定能夠充分掌握的內容，同時又比一般大學生承受更多的經濟壓力、家庭壓力、同儕壓力……，那些不安還有自我質疑，誠實地說，我或許能夠想像，但絕對沒辦法完全感同身受。

我常常覺得自己是個極其平凡而且僥倖的人。系上有一些年輕的教授，大我約莫十歲左右，有次上課我和你們透露了他們的真實年齡，潘哥於是在講臺下說：「靠，原來他和我一樣大」，歐巴則說：「我還比他大一歲咧」。然後你們兩個人開始互相自嘲，笑著說自己到了這個年紀一事無成、還在這邊學法律、別人已經有小孩而且是法律系的教授了……。當時我只是打哈哈地一語帶過：「哇靠那你們是凍齡嗎，看不出來欸」，但其實內心是非常震撼的。要經過多少次自我否定，然後接受自己並不太符合這個世界對於三十多歲的想像，才能在那種時刻坦率地笑出來？

我不知道。我擁有的其實就是年輕教授們的那種人生，大學就唸法律，畢業很快通過了司法考試，單單靠著法律在三十歲前就得到這個社會的認可。三十歲以後的我，大概也就是被周圍的人催婚、催生小孩，還有買車、買房，然後每個月繳貸款吧。像是倉鼠繞著滾輪持續轉動那樣。這樣的人生經常被說年輕有為，可是實際上只是迴避了所有風險。沒有經歷過什麼下定決心的時刻，也沒有來到過什麼改變一生的十字路口。沒有放棄或犧牲、也沒有背水一戰或孤注一擲。這樣的我卻得到了全部的稱讚，十分心虛。

而那些我沒經驗過的，很可能就是你們的全部。

你們在我心目中才是真正不平凡的人。即便跌倒了，也想要給你們全部的擁抱和掌聲的那種人。如果我以後離開了學校、做了法律工作，沒有變得自視甚高或覺得自己高人一等，那麼有很大一部分的原因都是我教你們法律的同時，你們和我交換了人生。

我不知道你們每一個人來學法律的理由，但我現在可以告訴大家，我為什麼來當科法所的助教、為什麼一週為大家上課兩次。很簡單，因為有錢，而且因為失戀。

星期三下午的課輔，法律學院會付我鐘點費；至於星期四晚上連續十八週不中斷的讀書會，我之所以會同意，起初單純是因為戀愛對象忽然沒有聲息地消失在我的世界，我迫切需要有些什麼事情塞入生活之中，轉移自己的注意力。

因此，我從一開始就沒打算要和大家收錢的。能夠付出自己的能力，確信自己還被另外一個人需要，求之不得。可是四月疫情正嚴峻的時候，方慈忽然在某次下課拿了一個信封袋給我，信封袋是當時排隊也買不到的醫療口罩所專用的，她和我說這是大家要送我的，既然我不收錢，那收口罩總可以了吧。我不疑有他地收了下來，結果回家打開一看是白花花的鈔票。那個數量遠超過學校給我的鐘點費。

方慈在訊息裡和我說不准退回來，沒有人會收。我於是回覆她，那我就只收這個月的，以後不要再給我了。這不是客套，帶你們寫考卷一個晚上、你們陪我吃晚餐一個晚上，就能讓我少掉一個失眠的晚上。我在你們身上已經得到了比金錢更重要的東西。一群人坐在星期四深夜的餐桌前，大家疲倦但滿足地講著話，昏黃的燈光裡，有時候我只是默默地吃、靜靜地聽，但也感覺到自己被在乎還有被愛。

那是你們借給我、我最珍貴的時光。當時打開口罩信封的那一個瞬間，只是讓人更加確信：我要好好陪你們撐過考律師這條路，如此而已。

在法律學院裡，國家考試常常是大家心照不宣、不能說出口的禁忌詞彙，因為有些人覺得學校終究是追求知識的地方，凡事扯上考試、扯上合格與否、上榜與否，太現實也太功利了。但我並不這麼認為，我覺得能夠正視、然後嘗試面對考試的所有人，就已經擁有了超乎常人的勇氣。那像是我們每一個人小時候第一次游泳，捏住鼻子、閉上眼睛，然後不知道哪來的決心或衝動，一鼓作氣把頭也潛進未知的水裡。我們從那個時候開始擁有了人生第一次的閉氣。而律師考試一年只有一次，一旦報了名，長達一整年有壓力、有寂寥、有冰冷的閉氣生活也就忽然開始了。我們偶而會感受到自己很堅強，偶而卻又會意識到自己其實很脆弱，不知道終點或極限在哪裡。

你們有的人和我說過自己去算命，算命師說還要四年才會考上，對自己好沒信心；有的人和我說覺得自己今年落後太多了，不知道還要不要去考試；有的人和我說自己留職停薪的期限就要到了，該不該在考前直接辭職放手一搏。

我都記得你們和我說這些話的時候。明明應該是很焦慮的心情，但在我面前、讓我看到的，都是一張很平靜的臉。而我得承認我的年紀比你們小，如果遇到了這樣的關卡，也會頓失方向、不知所措吧。所以我所能做的只是客觀分析你們目前整體寫考卷的狀況，然後說：不論如何，如果有什麼能夠幫得上忙的，一定要和我說。我會和你站在一起。

我們會站在一起。這句話很空泛，但卻慎重而且真心。謝謝你們在我需要的時候也和我站在了一起。不論你或妳做出了什麼決定、最後是考上了律師還是回到了自己原本的生活，能夠教到你們，都是我的驕傲還有幸運。希望你們也覺得我教的一切都還可以。

每個星期四的結尾，最後負責載我回家的通常是潘哥。我戴上安全帽，坐在機車後座，潘哥是那種很安全的駕駛，一路以四五十左右的時速前進。辛亥路上、汀州路上，沿途稀疏的路燈就在我們身邊漂浮著，停下等待紅燈時，那些燈盞一瞬間又像遭受什麼反作用力一樣，來回震盪。嘈雜的排氣管聲裡，我們低低地說著話。倒數十秒、九秒、八秒……。知道自己要去哪裡的時候，即便暫時停在了原地，也都是在完成一部分的抵達。願大家都抵達心目中更好的地方，Best Wishes。

記得我、記得他[17]

認識韓大概一個月以後，我們就一起去做了一件瘋狂的事。我們去參加了「忠孝東路走九遍」，那是二〇一八年冬天，YouTube頻道《上班不要看》所發起的企劃。活動名稱和動力火車那首有名的歌一樣，而內容也就是歌名字面的意思：從忠孝東路一段一號的行政院，走到終點忠孝東路七段和研究院路的交岔口，來回一共走九遍。那樣單程看google map，大約是十公里。

我們當然沒有走完全程，不過確確實實跟在人群裡頭，走了整個下午到晚上，大約完成了一遍。當時《上班不要看》的追蹤人數大概是六七十萬，而我們走的那一趟大約也就六七十個人跟著，所以應該可以自稱：那個時候的韓和我，是這個頻道前一萬分之一的粉絲。

忠孝東路走九遍也好，或者只走一遍也好，能夠參與這種解鎖成就般（而毫無其他意義）的活動，反映了兩件事：其一是我們是很忠實的粉絲，追星到智商因此降低的那種；其二就是我們是很閒、閒到發慌的研究生。

我其實在唸研究所前就知道韓這個人了。具體來說，我們是大學同學，只是大學時我是法律系的轉系生，沒有機會認識——而且也不敢認識。我最常見到他的一段時間是國考前，那時我幾乎天天關在二十四小時開放的總圖地下室唸書，韓和他女朋友莊也都待在同一個地方。我們起身裝水的時候會看到彼此、進出用餐的時候也會看到彼此，但就是不會打招呼。偶而對到眼就會立刻撇開，避免那種要相認不相認、認了也不知道要說些什麼的尷尬。

不敢認識韓和莊的原因是：在我心目中，他們兩個人是法律系男神女神般的存在。兩個人都瘦且高，模特兒一樣的身材，然後又擁有偶像劇男女主角沒

---

17 本篇為碩士論文謝辭。

有死角的臉。可能是出於從小到大的某種自卑，在自己真心覺得好看的人面前我一直都會感到害羞不自在，深怕有一條界線隱隱畫在那裡，我不會屬於他們那一邊。懷著這樣的感覺，我一直到碩一上學期和韓修了同一堂課，學期都過了一半，兩個人依然呈現陌生人的關係。

後來我也知道，心中所想的那條界線很多時候自始不曾存在過，只是自己無謂設下的。至少在韓面前是如此。可是，當時我還是需要一個契機，讓自己跨過它。這個契機出現在《上班不要看》的老闆呱吉當選市議員的晚上，我看見了一個熟悉的名字在勝選直播中抖內了一百塊，那個名字太特別了，像韓國人一樣，除了韓以外不可能會是其他人。我也因此和韓開啟了話題。我們第一個共同話題就是《上班不要看》。

我喜歡韓和喜歡《上班不要看》的原因是一樣的，他們讓我想起了自己的男校時光。韓高中讀臺中一中，玩熱音社，和我一樣曾在十六、七歲花很多時間不務正業，然後換來一些很重的記憶、時刻，或者男生之間的情誼。二〇一八年左右的《上班不要看》也是相同的模樣：一個自嘲是男校但難笑的工作室，大家一起講垃圾話，一起做一些徒勞的事，但又會一起因為那些徒勞的事掉下眼淚、感到美好。「忠孝東路走九遍」只是其中一個，那時我很喜歡的企劃還包含拿老闆皮夾的錢到處亂玩亂花（travel maker）、連續十二個小時去十二個夜景點、連續二十四小時吃二十四家小吃……。

作為死忠的粉絲，我們忠誠到什麼程度？有次他們拍片介紹了工作室四周的幾家「俗擱大碗」的午餐選項，查了查發現都在吳興街一帶，接下來一兩個月的時間，我和韓就完全放棄學校附近的餐廳，從法律學院搭十多分鐘的公車去一一朝聖。至於晚上的話，我常常待在韓位於和平東路一一八巷的賃居處，兩個人叫了外送，坐在地上就著茶几、開著房東留下的液晶螢幕，一支一支YouTube影片地邊吃邊看。除了《上班不要看》，我們那個時候一起追著的還有不到百萬訂閱的《木曜四超玩》、剛剛開始起步還很少人知道的《哈哈台街訪》。

這就是我研究所最初開始的生活，和法律沒什麼關，和研究或論文也沒什麼關。那個時候還在一起的戀愛對象在新航當空服員，我平均一個月飛去一次新加坡找人家，每當回到臺北、下了飛機，我就會坐上機場捷運，直奔韓的住處，和他報告一切情形進展。韓在承租的雅房鋪上了Ikea買的地墊，然後在一旁放上了同樣在Ikea購入的地燈，書櫃上都是法律用書，但書的前面還有一罐罐玻璃裝的酒或茶包。他旋開溫黃的地燈，我們兩個人就背靠著書櫃坐在墊子上，有茶有酒，什麼都講。

我和他說遠距離戀愛的一切困難，他和我說心裡很猶豫到底要不要給自己第二次機會，再考一次司法官。他安慰我，我也安慰他。地燈的光像個半圓球體罩著，感覺外面有閃電、有大雨在經過我們，從十六歲來到二十多歲的我們，但我們因為某種特殊的緣故，終究能夠保持著內心的無塵、無害，還有乾爽。

每個人一定都遇見過必須隻身面對的烏雲或雷擊，我不確定韓怎麼順利脫身離開的，但我知道我自己的話，就是因為曾經有過他和莊。我最後一次從新加坡回來後，內心知道大概是撐不下去了，坐在韓的房間地板，不知道二〇一九年會變成什麼模樣。而韓就在我身旁，莊那天也在，她坐在韓的床緣，兩隻腳輕輕觸著地面像打水那樣，偶而彎下腰泡著我從樟宜機場帶回來的TWG紅茶。

他，還有她，對我說：你就把它們都寫出來吧。寫了我們一定會看。

一定。

臺北那一天有強烈的冷氣團降落，新的一年要開始了。我只穿著單薄的衣服，抬頭看到韓把我的羽絨外套也掛在他的衣架上，感覺自己好像預支了還沒來到的夏天的溫暖。

失戀後的我終於開始有點研究生的樣子了，我簽了指導教授，分期付款般開始讓論文有進度，儘管寫得真的是零零落落、三天打魚兩天曬網。一直都是如此，我對需要正經、需要裝模作樣而獲得認可的事情沒什麼熱忱，一心還是高中生那個樣子，更喜歡打打鬧鬧、嘻嘻哈哈；認真和努力很少，如果有的話，那會孤注一擲給真心在乎或覺得很酷的場合——雖然很酷的同時，常常也會被這個世界認為很沒意義；孤注一擲也常常被認為不過是一場虛擲。

夏天真的來到時，我和韓常常睡到接近中午，然後兩個人各自惺忪地出門，約在科技大樓站附近的早午餐店「和平時光」。那家店空間很小，但擁有日光豐盛的落地窗戶，餐點又極其便宜。在那裡，我和他說了自己一個人去曼谷的電音派對，去北海道整個週末都待在札幌巨蛋看王柏融，他也和我說他去酒精路跑，還有為了考托福跑去花蓮考場，考完以後不會開車的他被莊載著去六十石山看金針花海。我們每一天午餐都很慢、很飽、也很滿足地結束。下午兩個人便往研究室分頭努力（但也不一定是寫論文），然後晚上再一起去重訓，重訓完又一起吃了消夜，我才回家。

韓在我身邊讓我很幸運，一直都沒有感受到研究生生活真正的匱乏或難受。不過也不能因此就說我在臺大法研的時光很美好，升上碩二，我還是在很多時刻有所意識：當助教的難做人、以及寫論文對心智和眼睛的殘害。我和韓也不避諱地聊這些事。如果換作其他人和我說這些話題，我會有點排斥，害怕被發現自己對法律沒那麼誠懇、熱愛、或用心，但因為是韓，所以沒關係。

我們時常會鬼打牆那樣互相質疑、思考來唸研究所的意義，雖然沒什麼答案，但每一次聽完，我都會覺得韓比我成熟地多，而我也在每一次、每一次變得更成熟一點。他陪著我，笑笑鬧鬧的同時，兩個人也一起慢慢接受了唸法律、還有以後做法律工作，會讓人變無趣也變平凡這件事。以後穿上袍子的我們可能不用擔心失業或者沒有未來，可是要有心理準備，那和從前穿著男校制服的我們有很大的不同。我們必須有更多時候八百正經，並且在很多自己不那麼喜歡的地方拿出責任感。

有一天，我們可能被當面冷冷地說「你變了」，但那是因為背地裡熱淚盈眶過，知道自己終究、必須「長大了」。

我的論文雖然說是「分期付款」，但其實大部分完成在最後一年的生活。二〇二〇以後，我們都陷在疫情之中，韓和我本來都打算要去很遠的地方交換[18]，得到以後不會再有的珍貴時光，可是最終都只能以繼續滯留臺灣收場。韓趁勢休學了一學期去把兵役服完，我也以後期飛快、一天三千字以上的速度完成了論文。這段日子不算短，但沒什麼好說，以後上班、下班，吃飯、睡覺，很可能也就是這樣。身不由己，所以乏善可陳。而與此同時，我也不再喜歡《上班不要看》了。他們幾近達成百萬訂閱，得到更多人、更大眾的喜歡，但對我

18 指交換學生。

來說，已經失去了男校的單純感、歡樂感、白痴感。

論文寫完最後有四百多頁，很長，口試的老師開玩笑說，這麼厚，以後可能再也不會有人從頭到尾認真看過。我完全不在意。回頭想起來，真的把生活重心放在「研究所」以後，它教會我的東西很可能不是蒐集文獻的能力、整理判決的能力……，而是單純讓我在一個名叫「學校」的地方，窺見「上班」是怎麼樣的東西。它讓我誠實地照見自己，然後知道：要趕在消失之前，去記得自己曾經有過的模樣。

我也會記得韓在二十五歲以前的樣子。

笑和煩惱一樣多的我們、愛和害怕一樣多的我們，可是做得又永遠比說得多的我們。

我想要永遠記得自己唯一一次夜宿在韓的住處的那個晚上。那是碩一下學期，我們再次一起修了同一堂課，兩個人理所當然地成為了小組partner。隔天要上臺報告，但我們拖到前一晚，簡報連個影都還沒有，所以，只能一起在他的房間從九點開始抱佛腳，來到午夜十二點。末班公車就快要過了，他和我說，你趕快回去吧，剩下他可以一個人弄。但是明明剩下的工程還又浩大又多。

我於是開口問他，這邊可以讓我留宿嗎。他說可以，可以幫我鋪另一個床墊，也有多的棉被。我當下就做了決定，好，那我就在這邊，我們、一起、幹到半夜給它搞定。韓露出非常非常興奮的表情，拿起手機回應道：「好爽。那我先來訂消夜，你要吃什麼？」我則和他說你決定就好，我先去研究室一趟拿可以換洗的衣服。

那個晚上下著颱風掃過邊境的暴雨，即便撐著傘，回來以後還是整身濕透。韓叫我趕快先去洗澡，洗完澡差不多就可以吃東西了。不過深夜的外送似乎比預估的快上許多，蓮蓬頭的熱水才灌下沒多久，外面門鈴就急促地響了起來。而我還是慢慢地洗了頭洗了澡。

出來以後已經是二十多分鐘。離開浴室，推開房門，房間像個盒子，被水柱暴烈落在遮雨棚上的聲音牢牢包覆著。有點距離，我幾乎要聽不見韓的聲音。他準備好了吹風機，坐在燈下、坐在滷味的香味裡，看著我、然後笑著。

滷味還沒有拆封。「等你吹好，我們就開動。」

那是碩一下學期。那是剛分手的我。那是，很可能不會再有的我們。
謝謝韓，還有謝謝很多人，特別是我的指導老師吳從周，包容我、帶給我很多溫柔。

如果沒有你，我不會成為夠好的法官

認罪的被告如果說出謝謝，背後原因雖然不盡相同，但大概能夠簡單歸納成兩種。其中一種是因為被羈押，希望能夠交保，或者犯了相對重的罪，希望法院審酌減刑條款，如果還能給予緩刑的話，那就再好也不過。

另一種則是被告真心想要這麼說。開庭開到最後，問他還有意見嗎，或者還有什麼想補充的，他不知道還能表達什麼，溢於言表的情緒，最後只能低著頭，謝謝、謝謝含在嘴巴裡一直重複。

前面那種狀況不難想像，但後面那種，真的第一次遇到的時候，坐在法庭裡，切切實實會有一種魔幻的感受。

具體形容，那像是法庭日劇、法庭韓劇來到某一集的尾聲，主題曲由遠而近放下去，眼前的景物和人，全都慢動作定格了起來。

而我第一次聽見看見，是在夏天的臺南，那時我還待在學長的身邊。

那是一個很單純，單純到不行的恐嚇案件。兩個五十多歲的阿伯是鄰居，互有嫌隙很久了，某次吵架過程中，其中一個順手拿起家裡的高爾夫球桿，虛張聲勢，作勢打人。這樣一個動作讓兩個人從鄰居關係，變成被告與告訴人的關係。

拿高爾夫球桿的阿伯從警察局開始，一直到檢察官開庭偵查，始終承認一切，坦率乾脆，沒有辯解太多。被告坦承犯行，並且有案發當下社區的監視器畫面截圖一份可以佐證，看起來就是事證明確，沒什麼好爭執或深究的案子。當時還在實習的我，面對這樣的卷宗，肯定是簡單翻一翻，確認事情的來龍去脈，就開開心心地把卷還回去給學長，準備下班了。

可是開庭前，在電梯裡，學長問了我：你有把證物袋裡的光碟片播來看過了嗎？

我一時間有種震驚又忐忑的感覺，像是沒寫功課卻意外被抽查到的學生一樣。不過同時我也納悶：卷宗裡面如果有光碟的話，那應該就是社區監視器畫面吧？警察把犯罪事實有關的部分都清清楚楚截圖說明了，還有什麼特別需要看的嗎……。

電梯裡的數字隨著時間一秒一秒遞減，密閉的空間，三面環繞的鏡子，學長看著無數的我，但我不敢看向無數的他，只能低頭看著自己的領帶。

其實也就幾秒鐘的時間，幾乎沒有空檔，電梯門打開了。走出電梯，站在法官通道裡，學長停下了腳步。距離開庭的時間還有六分鐘。他意會到我根本沒有看過那片光碟裡的東西，於是打圓場地說道：「沒事的，沒有關係，我好奇問問而已。」

「我猜警察和檢察官應該也都沒有看過，所以不要緊。我也是趁著吃飯的空檔才打開來看的。」學長和我說。

所以光碟裡面究竟是什麼？我想追問，但學長已經轉身往前走去。推開法庭的門之前，他小聲地回了我，等下一起看就知道了。

＊

距離表定開庭的時間還有五分鐘。每個有庭期的午後，我會在這個時間點就進到法庭裡，在位置上坐好。因為還有五分鐘，當事人通常還沒出現，或者還在報到、還沒就座，所以可以簡單整理儀容，再一次確認襯衫的領子有沒有從法袍裡翻出來，領帶結有沒有置中對好。接著從容地把整疊卷搬到自己面前，拆開綁成十字架形的紅尼龍繩，深吸一口氣，默默預想等下可能會有的任何狀況。

我們先不講光碟的事，我跟在學長身邊總共三個月，從夏天開始到結束，他用了無數個這樣安靜而不發一語的五分鐘，告訴我他是怎麼看待這份工作的。

其他事情沒有做好可以慢慢學，但有三件事情你要一開始就做到。

這是我第一天見到他的時候，他和我說的。

第一個是準時。

第二個是關於服裝。平常在辦公室要怎麼穿都沒關係，但坐到法庭裡，請你一定要穿有領子的襯衫。

第三個則是卷宗的綁法。一次只拆開一宗卷，才不會把不同案子混在一起、找不到東西。全部綁回去要綁得讓自己好拿好放，同時也要綁得讓書記官、助理、庭務員容易就手，提起來可以盡量省力，避免受傷。

學長對著我說這些時，沒有太多表情，語氣也沒有起伏，讓人感覺很嚴肅。而那時我也不是叫他學長，我叫的是老師。他是我的刑事庭指導老師，接下來的三個月裡，他會在工作一切時候帶上我，最後給我打一個分數。初見面是在他的辦公室，我戰兢地拿著紙筆，把他所說的注意事項、聯絡方式……，逐一記下來。

但他叫我把紙筆都先放著，然後便把桌上一疊卷拆開，要我當場照著他說的方式，把卷宗綁回去。反覆練習拆綁的幾分鐘裡，他和我說，不要叫老師，叫學長就好。司法官學院希望我們稱呼指導的法官或檢察官為老師，而不是學長學姐，這也合情合理，畢竟實習的那一整年裡，實際上就是身分不明的狀態。所以面對「老師」忽然主動要我變更稱呼方式，難免有些不知所措。

可是我也在下一個瞬間，立刻就接受了這樣的提議。因為我發現眼前的這位自稱學長的「老師」，還真的是我的學長。我們唸相同的高中、大學、研究所，彼此馬上破了冰，找到共同話題。我們聊建中很荒謬的地理老師，聊林乾（林家乾麵）廣炒（廣東炒飯）側抓後抓（側門蔥抓餅、後門蔥抓餅）都還有營業嗎，也聊了都是臺北人，怎麼會跑來臺南。

那一天離開學長的辦公室前，他還興奮地把電腦螢幕切回桌面，轉過來給我看。那是陳金鋒的照片。他和我說，你喜歡棒球的話，那要好好把握在臺南這一年的機會，棒球場離你們宿舍很近知道吧？

他接著又說：好了，時間到了，你可以回去收東西下班了。好好珍惜實習的時光，以後大概不會再有這種不加班的日子。

我永遠記得那天自己是如何步伐輕盈地離開臺南地院的。空氣裡有著安平港的氣味，斜陽的金光鋪在臺階上，那樣飽和卻又沒有雜質的橙色並非沒有見過，但絕不是從小生活在臺北的小孩所會熟悉。

見到學長的第一天也是我開始實習的第一天。即便往後我們變得無話不說，可是時至今日，每一次走到法官通道的盡頭，自己推開法庭的門，我都還是會想起推開他辦公室的門之後，第一眼看到他，他平淡冷靜的樣子。我想，有個詞比「嚴肅」更能貼切形容當時的狀況。

那叫作「慎重其事」。

時間剩下一分鐘。三十秒。倒數十秒鐘。

被告、告訴人已經就坐，旁聽席可能還有家屬、路過的民眾或學生。這是學長帶給我重要的事之一。對法庭裡的任何人，不用也不必擺出高姿態，但你要始終用那種自尊自重，對著工作的自己。

*

曾先生，對於起訴書所載的犯罪事實有什麼意見，是承認犯罪的嗎？

我承認。

承認犯罪，那有沒有什麼要補充說明？

報告法官大人，我知道我有錯，我也很後悔。可是我真的……，怎麼說，就是真的……。

曾先生你聽我說，沒關係，你慢慢講，講慢一點，書記官打字也才跟得上。

我就是，被逼急了。我真的很害怕我們家裡人出什麼事。我都知道、我很抱歉、真的很抱歉，可是當下就……。

你可以說明一下被什麼逼急了？還有害怕的是發生什麼事嗎？

面對學長的提問，曾先生過了一陣子都講不出個所以來。書記官打打刪刪，但筆錄裡回答的部分一直沒辦法串成完整的句子。監視器截圖畫面裡伸展雙臂舉起高爾夫球桿的身影，此刻手貼雙膝拘謹地坐在被告席上，不時推推老花眼鏡、湊近眼前的電腦螢幕，反覆想要確認筆錄到底打了些什麼。

學長於是主動問道：「你想表達的，是不是光碟裡面都有？是不是想請法院看看光碟片的內容？」

曾先生聽到後立刻摘掉了眼鏡，挺直腰桿，不斷點頭。

「好，法官諭知，現在勘驗偵卷內被告提出之監視器影像。」

庭務員接過光碟片，關上法庭部分的日光燈盞，然後放下了投影幕。要開始了。

先有聲音，才出現畫面。

畫面同樣是被告與告訴人的社區，但明顯是另外一支監視器的角度。鏡頭正對著被告家裡車庫的鐵捲門。

監視器顯示的時間是大半夜，四下空無一人。

學長說，繼續看下去，幫我快轉到快結束、大概剩兩分鐘的地方。

好，就是這裡。幫我暫停。

有個人進來到了畫面裡，站在曾先生家的車庫門口前。

學長伸出右手握住滑鼠，把筆錄往下拉，上面已經貼好了預先草擬的勘驗內容。

「告訴人林先生，畫面這個人是從你家裡走出來的，所以應該是你，或者你的家人。」學長把勘驗筆錄反白，向被告、告訴人確認有沒有理解錯誤。

沒問題的話，那我們往下。

書記官再次按下播放鍵。畫面裡的人拿著一個奶粉罐，張望了一下，奶粉罐感覺有點沉，因為那人是用雙手捧住的。

然後他將其中一隻手伸進奶粉罐裡。

他從裡面拿出什麼東西，接著往外撒。

看不太清楚撒些什麼，但落到地面時，是雨點般的模樣，而且很明顯有金屬碰撞的聲音。

反覆撒了兩三輪，畫面裡的人又東張西望了一番，最後才循原路離開被告家的車庫前。

「曾先生，對於勘驗結果有什麼意見？」學長問道。

「曾先生？」

曾先生還沒有講話，告訴人席上的林先生已經按捺不住，作勢想要起身，往法臺靠近。

敏銳的法警往前貼上了幾步。

「林先生不要急，等一下你也有說話的機會。但曾先生是被告，曾先生這邊先請……」學長還來不說完，庭務員也站了起來。

庭務員走到被告席旁邊，把整盒面紙放在桌上。

曾先生連抽了幾張，但卻沒有拿起來用。他口口聲聲地說謝謝，謝謝法官，謝謝書記官，謝謝檢察官，謝謝各位長官，謝謝你們了……。

接下來筆錄的每一句話，幾乎都是學長用是非題問出答案的：你覺得告訴人撒的是螺絲釘或者圖釘對不對？在你們家車庫前確實有撿到釘子嗎？數量很多？家裡的車或人有沒有怎麼樣？你因此拿高爾夫球桿和對方理論，是嗎？

我坐在位置上，回過頭翻起被告和告訴人的偵查筆錄，那時兩人互抓對方語病，最後不歡而散，要不是有檢察官在場，看來當場又要吵起架。而告訴人來到法院依然如此，輪到他發表意見時，新仇舊恨一次傾出，沒有喘息，不留間隙。

只是此刻的曾先生不再有任何反駁。他就只是靜靜坐著，偶而抬頭看向天花板，偶而又從凝滯中回神，面帶安詳地朝著學長。

還沒結束卻彷彿已經結束了一樣。像體內的腎上腺素退去後會開始感到疲倦，像皮膚表面的血管收縮後會開始感到冷意。

像一直等著哪個人去播放那片光碟。哪怕只是看過也好，甚至不用當庭勘驗這樣大費周章。有人看過以後，他就願意接受往後任何懲罰。

*

定了一次庭期，通常不會只有勘驗影片就結束，後面還有相應的流程要跑。手上案子很多，每個時段都很珍貴，無時無刻都要盡量推進案件審理的進度，任何一刻浪費掉，都會是負擔、都會帶來焦慮。

所以，即使前面用了很多篇幅去寫開庭過程，但知道實際上從開始到結束，花了多少時間嗎？

答案是十分鐘。最多最多，也不會超過二十。

而我自己真正成為刑事庭法官後才知道，為了要在十分鐘、二十分鐘內結束，前置準備還有後續寫判決交代這部分經過，會是遠超過這些時間的。

單以勘驗影片來說，學長當時和我說的那句話，「我也是趁著吃飯的空檔才看過」，完全是給我臺階下的說法。開庭前，勘驗內容已經預先草擬好、完整複製貼入開庭筆錄裡面，寫判決所需要的影片截圖也已經列印……，做到這些前置作業，單靠自己並不足夠，還需要法助、書記官一同協助。因此絕對不會是「吃飯的空檔」所完成。就算真的是一邊吃飯一邊看影片，那也不會是開庭當天的午餐，才想到要這麼做。

每個法律系學生，或者還在準備國家考試的人，多少會對法律工作懷有某種想像。我想像的是善解人意、替人著想。現在難免覺得太天真、太單純，特別是因為經驗不足，真的被眼前的被告給呼攏，事後愈想愈不對勁的時候。

那種時候一定是感嘆、懊惱、憤怒……，各種負面情緒交織，想像也會因此修正、因此調整。但我同時會這樣告訴自己：拜託，要繼續堅持。

因為還有很多人堅持著。至少其中有一位，堅持要十年了。

他就是我的學長本人。他也是幫助我守住對這份工作的想像的那一個。

每一個當事人來到法庭，可能真的就只和我們說十幾分鐘，大不了幾十分鐘的話，但這短短的時間，都是我捫心自問，我有多在乎他們的人生——我有沒有做到和學長一樣的程度。

安撫哭泣的人說不要害怕，等你哭完我們再繼續好不好。問交保的人誰會來幫你辦保，確定能夠保得出去齁。向欲言又止的人說你有什麼困難，如果願意講，我們都會盡量幫你想辦法……。

這些學長說過的話，再次、逐一從我嘴巴說出來時，往往有種《棋靈王》裡面，藤原佐為站在進藤光身後，默默看著進藤光一手一手把棋局推展下去的感覺。

一定還有不夠好的地方，可是我會努力不要教人失望。

我會努力讓自己在法庭上說出的「我想辦法」不是純然說說而已。

所謂的「想辦法」，更多時候，不僅止是勘驗影片這麼簡單。那些辦法可能是開庭結束後判決怎麼寫、量刑怎麼量、緩刑條件怎麼給；也可能是開庭還沒結束前，被告猶豫著要不要認罪，白話又耐心地說明最高法院目前的法律見解；又或者是被告低聲下氣認罪以後，回頭過來勸說告訴人，願不願意再給一次機會、彼此再調解一次試看看。

如果你不知道今天要如何答辯，我們可以不急著今天結案，讓你回去找律師、找法律諮詢問清楚。

如果你還有意願調解，我們這邊就不會立刻下判決，等你們調解的結果，再來看刑度的部分如何斟酌。

「案子很多是真的，但如果覺得花這些時間是有意義的，那就花下去，不用急著結案。」

「案子結掉了，在我們的帳面上只是一個數字紀錄，但他們得要帶著這個紀錄，往後度過他們的一生。」

這是學長帶給我的另一件重要的事。這些全是開完庭後，我們一起回到辦公室，他一邊脫下法袍、摘下領帶，一邊對我所說的。

有些人得到尊敬，是因為身上那件袍子。也有些人，是因為脫下袍子以後，有一顆願意為另一個人想更多、想更遠的心。

不光只有來到法庭的人，我自己也曾是被著想的那一個。

該怎麼把卷宗綁好如果是技術問題、是熟能生巧的問題，那麼開庭「準時」和開庭穿什麼「服裝」這種毫無技術可言的東西，在學長心裡，應該就是沒有妥協餘地的規定。而且是天條一般的存在。

可是夏天的三個月裡，我並不是完全沒有踩到天條。

我曾經開庭遲到過。

學長向來和我約好，表定庭期時間之前的十到十五分鐘到辦公室找他，然後我們一起走去法庭。但事發的那一天，訂定的開庭時間比平常要早，我沒注意到，來到辦公室時，發現學長已經換裝完成，坐在位置上。他一手握著手機，一手轉著原子筆。手機螢幕暗了又亮、亮了又熄，時間是白色的羅馬數字，一次又一次地顯示。

他看到我之後對我說：「你忘記了嗎？本來想說你還沒來，我就要自己先過去了。」
隨後他立刻站起了身，急急往電梯的方向移動。距離開庭時間，剩下不到兩分鐘。
這件事確切發生在哪一天，我已經不記得了，但可以肯定的是，並不是發生在剛認識學長的頭幾天或頭幾個禮拜。電梯裡、法官通道裡，直到法庭的門推開，我們都沒有再說任何話，只有兩個人皮鞋跟亦步亦趨地喀喀聲。
我長到那麼大第一次知道什麼叫作「免而無恥」。而且理解的方式，是這個詞反面的意思。
整個開庭過程我想的不是會不會被學長扣分、會不會通報司法官學院、被扣分的話往後會不會有什麼影響、被通報的話會不會被叫回臺北問話……。
我只是擔心一個得到我尊敬的人，卻因此對我失望。
除此之外，別無他想。
滿懷忐忑。好不容易才捱到當天最後一個案子結束，離開了法庭。我一直揣想著要怎麼解釋或道歉，但連說詞都還沒準備好，學長卻先開了口。

他說的是，做這份工作沒有人不會犯錯，但大部分的錯都是有辦法可以彌補的。彌補起來到底是簡單還是麻煩的差別而已。可是只要能夠彌補，就不要放在心上，只不過要記得它。

那是在上樓的電梯裡。本來以為會很尷尬的密閉空間，一時間怎麼樣都不希望抵達。彷彿電梯永遠不要停下，不要把我送到下一個地方，我就能一直這樣得到安慰與庇護。

嚴以律己，寬以待人。面對所有問題，自己的也好、別人的也好，記得而不是計較，糾正而不是糾結。

我得到的是如此的教養。

而電梯終究是會到達的。電梯門打開，夏天結束的時候，學長也打開了辦公室的門，目送我離去。再下一個夏天到來時，我也離開了臺南，來到現在、此刻，這裡只有我一個人的地方。

這裡已經天亮

「法官，新收的案子我幫你放茶几上喔。」

「法官，這件是〇〇分局來聲請搜索票，你決定了再和我說唷。」

書記官敲了門、抱著卷宗走進來，一直是這樣親切地和我說話。上班明亮的一天開始了。可是我們也知道，案件等等放在桌上攤開，白紙黑字紅色印鑑藍色戳章，其實都是另外一個人，幾天幾週前、或者幾個月前，經歷一個黑暗晚上的證明。而且是很黑暗，很黑暗的那一種[19]。

19 以下節錄的案件內容均非單一個案，有無數相似的事情反覆發生進到法院。而本文也將案情適度刪修，在不影響閱讀的情況下，完整進行去識別化處理。

十四歲的國中女生被網友恐嚇，不知所措自拍了性影像按下發送。一個人躲在傍晚的廁所啜泣，被剛下班回家的媽媽發現。

兩個二十歲的大學生騎車去買消夜，回程被一臺小客車撞倒。小客車若無其事開走，兩個大男生急忙扶起機車加速追上。結果小客車突然倒車衝撞他們。

五、六個和我年紀一樣，二十八、二十九歲的工程師掉進了交友軟體陷阱。被一群比自己小了十歲的男生女生仙人跳，一一被迫裸著全身簽下幾百萬的本票。

任何一個刑事庭法官，一定都能說出自己所見到，傷心程度不下於我、甚至遠遠超過的案子。這就是我們的日常，不是熱播的臺劇韓劇，一集不會只有一樁案件——也因為案子太多了，一個人手上有七八十、甚至上百件，所以我們要過著極度自律而且高壓的生活。

新案一收到要盡快從幾百頁的證據和筆錄內，大致掌握案情，然後決定開庭日期，同時思考還需要調查些什麼。如果是聲請監聽、聲請搜索、聲請羈押的話，那時間壓力就會更加緊迫，警察在外面等，辦公室裡或法庭裡，書記官和法助也都在等。可是分明這些又都是急不得的事。急了恐怕就會出錯，錯了後果可能就會很嚴重。

當意識到自己權力好像很大，大到足以動搖某些事或人時，真的會除了睡覺以外的時候，全都戰戰兢兢。

戰兢地去看待每一個被告、每一個被害人，還有背後每一個家庭。花更多一點時間。花更多一點力氣。而身上背著這麼多案子，每一件都如此，最後能做的也就只有犧牲自己。

像我這樣沒結婚、沒小孩的人，天天加班到昏天暗地也沒什麼大不了。法院裡面多的是小孩年紀還小的學長姐，他們在正常下班時間要和多數人一樣，崩潰地塞在車陣裡去接小孩，張羅晚餐、處理家裡瑣事，好不容易等到小孩就寢，再悄悄回來法院繼續夜深人靜地閱卷寫判決。然後隔天早上天還沒亮，又要起床準備小朋友上學的一切前置作業。

他們每一個人，是義無反顧地在過這樣的人生。犧牲睡眠和娛樂，換來對於卷證資料熟稔於心。如此只為了開庭可以很明快，因為不想拖到書記官、法警下班的時間；還有為了開庭問的問題很精準，因為說實在，法院沒辦法把善良的人、單純的人已經被奪去的尊嚴還給他們，只能努力讓他們知道，事發那一天還沒散去的天黑，還有人在乎，還有人會給他們一個交代。

即便那個交代就只是幾張薄薄印著油墨的紙。成為法官以前，我用了大學四年研究所三年學法律，然後再用受訓實習兩年學開庭寫判決；成為法官以後，開始無止境地學習這個世界上，來到自己面前的一切。這漫長的過程中，會從擅長寫申論寫考卷迎合出題老師，變成判決書上字斟句酌，同時努力又誠懇地忠於自己。也會從滿懷自以為是的正義與方剛，逐漸變得凡事敬慎而且謙卑。

我在實習的時候，住在臺南高分院的宿舍，宿舍中庭有個像甜甜圈的造景，中間鏤空了一圈。第一天入住時，保全大哥和我們說，那是「虛」懷若谷的意思。

那是保全大哥和我講的第一句話。後來我發現，全臺灣很多法院都有著類似的裝置藝術。而我也還記得大哥對我說的最後一句，那是整整一年後，實習結束的那天黃昏，大哥看著我把一切家當搬上車，然後幫我開了鐵柵門。我人上車發動前，和他慎重抱了抱。

他說的是：「禎翊，很快就要變成法官了。要記得有空回來看看大哥，還有記得每個走進你法庭的人。」

漫天的晚霞裡我開著車一路北上。我擁有充滿祝福的天黑，但那不代表每個人都是如此。法律沒有辦法挽回失去或彌補遺憾，所以我能做的，就是把大哥希望我做到的，帶往此後每一個天亮。

洗車

退伍[20]前的最後一週，時間幾乎都耗在洗軍用卡車。那幾日剛好寒流來，臺北的氣溫低到只有六、七度，營區在盆地群山腳邊，夜色還沒散去就換裝早點名，迷彩服分明摸上去是乾的，但套上以後都像一層薄薄寒寒的水膜鍍在身上。

鍍在軍卡上的則是另一種東西。這也就是要洗車的原因，我們不是單純為車子乾淨而洗，還有為了行車安全。停車場一整排五、六臺軍卡，湊過去看，窗玻璃上全都殘留著車身迷彩噴裝的顆粒。

那些顆粒密如天文望遠鏡拍出的銀河群星，班長帶我們提著水桶，一人發一塊鋼絲絨，然後便各自爬上引擎蓋、爬上車頂，想辦法把自己的身體貼在擋風玻璃上。靠近再靠近，用力再用力。直到玻璃恢復平滑透光。

軍卡會變成這樣，是因為當初其他聯隊的阿兵哥進行車身噴漆時，忘了先用報紙或其他東西遮住玻璃。「白痴死了。」班長不知道是真心這麼想，還是為了安撫冬日裡手凍得沒有知覺的大家才這麼說。

退伍後回去上班，當兵很多記憶開始以光速離開我，但洗車這件事一直惦記著。某天下午，審判長把我叫去他的辦公室，他看了我開庭的筆錄，和我說，這件案子不可以就這樣結掉吧……，你當時有注意到嗎？

我支支吾吾。

有點慌亂，還在想著要解釋一下還是直接說抱歉我錯了的時候，審判長放下了卷宗。他繼續說，這件我們就還是進合議庭審理吧。這不是你的錯，這本

---

20 依兵役法，四個月役期的正式名稱為「軍事訓練役」，期滿正式用語為「結訓」，所領有的稱作「結訓令」。

來就是同一庭三個人要一起承擔的。

安慰來得措手不及，我坐在辦公室的沙發，冬日尾聲的陽光鋪在感覺冰冷的磁磚地板上。恍神了一瞬間，忽然又閃過自己站在軍卡車頭頂，距離地面兩、三公尺的畫面。明明沒有多高，但視野好遼闊。圍牆的鐵絲網、半山腰上的無線電塔、巡航經過的戰鬥機。不知道其他人是不是也都和我一樣，身在一個很寬容的地方。

我在暗中守護你

退伍當天傍晚六點離營，那時候正好輪到宣站大門口的衛哨。同梯的義務役[21]都已經換上便服，背著一身家當，再次確認身分無誤後，便排隊一一跨過路面的地虎閘、閃越拒馬，走出營門。

輪到我走到營門口時，我很想抱抱宣，慎重地和他說保重與再見，但知道此時場合不對，他戴著鋼盔、穿著防彈背心，胸前就是裝有十二顆實彈的彈匣，客觀上也沒有辦法。所以只能向他揮揮手示意，而他眨了眨一隻眼睛回應。

21 參見註20。

站到營門外以後，我又回頭看了他最後一眼。退伍令[22]要到午夜十二點才會生效，還有六個小時，可是像是仙女婆婆帶給仙杜瑞拉的魔法提早失效一樣，那一瞬間，我忽然有種感覺，我們之間失去所有交集了。我們共有的日出和天黑就到此刻為止。想到這裡不免有些悵然若失，也可能不只是「若失」，而是真的失去了什麼。

明天天亮以後，宣還是會在肩膀黏上二兵的階級臂章，準時起床打掃、操課、輪班站哨，可是我就要回到法院去，大家會叫我法官。還有，因為當兵而再擁有一次的男校生活感也將永遠消散，明天的宣還是十九歲，但我已經二十八、要二十九了。

宣可能沒有想到這些事情，畢竟他往後還會目送無數的義務役退伍、離營，我也就只是千百人之中的其中一位。

不過宣好像瞧見了我回頭看他的最後一眼。他趁另一位哨兵不注意，朝著我的方向，跨步併攏腳跟，然後將原本挾在腋下的T91步槍槍口朝上豎起。

這是挾槍敬禮的姿勢。

換我對他眨了眨一隻眼睛，然後便轉身進到黑夜裡，真真正正地走遠去。

*

宣是極少數在營區裡會稱呼我為「學長」的人。原因無他，因為四個月的役期很短暫，扣掉先前在新兵訓練中心的五週，實際上分發待在部隊裡的時間沒有多長；而我抽籤抽到的單位，又是空軍高度機敏單位轄下的憲兵隊，收受的義務役少之又少。在這樣的情況下，下到部隊不到三個月的時間，幾乎可謂後無來者，眼看就要一路以最菜、最底層的身分，直到退伍。可是宣的出現改變了這個狀況。

宣在高中畢業的夏天簽下了志願役，選擇憲兵，經過憲兵學校的新訓和憲訓，在入冬的時候，進來到了我們部隊。那個時間點，距離我們這梯義務役退

22 同見註20。

伍，大概剩下一個月。

憲兵隊日常最重要的工作就是站哨，站哨是荷槍實彈、全副武裝，沒有在開玩笑的。特別是我們營區，號稱控管全臺灣沿海部署的飛彈，白話文來說，就是所有飛彈的按鈕，都在這營區裡——新訓剛結束一下到這部隊，肩上別著一顆星星、兩顆星星的長官就這樣對我們耳提面命。當然我只是區區二兵，不知道長官說的是真是假，箇中虛實如何、是否有所誇大，也不會容我過問。我們每個人一進來，就是一人發一張Ａ４紙，標楷體十二號字密密麻麻貼滿「衛哨基本注意事項」、「武器使用要領」、「武器使用規定」、「緊急狀況應變處置作為」……，給你幾個禮拜的時間，一字不漏地背出來。

背完才有資格輪班站哨；有輪班站哨，才算對部隊有貢獻。而有了貢獻，也才會有星期五晚上六點就放人的夭八榮譽假。

義務役絕大多數的軍種是陸軍，大學畢業前，在區公所抽籤，抽到空軍的機率只有百分之一。我本來以為同梯的義務役和我一樣，都是用靠著抽籤成為空軍的「天」選之人，結果一起生活、一起聊天才知道，大學如果唸的是飛航相關科系，是保送成為空軍的。所以我的同梯裡面，多數要嘛是飛修工程師、要嘛是做火箭研發的，又或者是準備退伍後去竹科、南科投履歷，躋身那幾間任何臺灣人都聽過的大公司。

這樣學歷背景的人，要他們背出Ａ４紙上的東西，不是不可能，但是會不服氣。相對的，我是唸法律系的人，我比他們都清楚知道背那些注意事項或規定的意義。那些東西，不要用到最好，可是萬一、不幸，真的哪天到了要上膛開槍的時候，扳機扣下去只是幾秒鐘的事，但檢察官或法官，會巴著Ａ４紙上的東西，問你問到天荒地老。所以要我背，我願意。

可是要我「一字不漏」地背，背的時候「之」的位置不能放錯，條文什麼時候用「及」什麼時候用「與」不能搞錯，真的殊有困難。

為此，同梯的很多人，包含我在內，都曾不斷向士官長反映，懇求能不能通融一點。可是答案就是不行。當兵說一是一，沒有給你討價還價的餘地。

而等到宣進來時，我們義務役每個人當然都已經背完、通過了考驗。看到換成宣每天抱著Ａ４紙唸唸有詞，紙張一天隨著一天變皺變爛，我們心裡念頭自然都是：風水輪流轉，辛苦了，學弟。

宣開始會和我們一起打掃、運動時間打球，還有一起上食堂吃飯。不過他害羞又安靜，再加上一群人之中只有他一個人是志願役，沒有人主動和他說話，他並不敢接近大家。

我發現用餐時段，打了菜以後，他會刻意選擇和我們坐在不同桌。然後一個人捧起碗，低頭扒飯，同時眼睛不時瞄著攤在桌上的A4紙。班長和我們熟了以後，私下開玩笑說道：「同樣都是背東西，就你們意見特別多。人家新來的，志願役的那個，連哼一聲也不敢，安分到不行。」

這是我最初知道的宣。我其實一直很想和他搭話，那是一種沒有來由的衝動，可能是因為小時候當過轉學生，知道其他人主動問候或開口的珍貴，從此不忍心看到任何新來的人落單。不確定他會不會喜歡我們這群義務役，但至少，要曾經嘗試發出邀請。

於是在班長透露宣也通過了考試的那天晚上，我端著餐盤，坐到了他隔壁。放在他手邊桌上的，終於不再是A4紙，而變成了手機。

*

宣的手機打開YouTube，播放著大專排球聯賽。

我在高中、大學都是當過別人學長的人，對於「釋出善意、關心學弟」這種事情不陌生。但在部隊裡，說實在我沒比宣更熟悉到哪去，更何況我再沒多久也就要退伍離開了，永遠不會再回來這個營區的那種離開，因此「來這裡還適應嗎」、「有什麼需要幫忙儘管說」這種客套的開場白，還真的說不出口。

既然YouTube播著排球比賽精華，我就和他從排球聊起。第一句話我問了宣，你以前打排球的嗎？排球聯賽原來連預賽也有轉播喔，我一直以為進到決賽圈才有……。

搭訕最怕尷尬，要避免尷尬的話，最重要的事情是延續話題。所以在腦海裡，我已經盤算好不管宣回答什麼，我多多少少都能夠應對下去的內容，看是要聊漫畫《排球少年》好，還是要聊也打過大專排球聯賽的邱澤才好。

結果宣的回答讓我以上兩種都用不著。

他輕放下碗筷，然後點了點螢幕，畫面暫停。接著用手稍稍遮住還在咀嚼食物的嘴巴，他才開口。

「這不是官方轉播，只是別人上傳的影片。」

「我只是在看我的高中同學啦……。」宣不好意思地邊笑邊說。

那是沒有來由又自顧自的笑，臥蠶被淺淺擠出來。一方面像是要努力緩解緊張、掩飾自己某一部分被人揭穿的害羞，另一方面又感覺是真真切切發自內心，因而才會擁有如此情不自禁。

於是我也放下了碗筷，轉過臉看著他，示意他「不要擔心我會沒興趣，盡量說、我想聽」。

距離晚餐結束還有半個小時，宣和我講了屬於他的排球故事。

有流汗也有流眼淚，但沒有《排球少年》最後那種夢想成真、站上職業舞臺。故事的結尾的確是告別、是轉職，但沒有邱澤那樣華麗，沒有金鐘獎的紅毯或大銀幕，過程中也少了大專排球聯賽。

宣以前的確是打排球的，而且那個「以前」不過就是幾個月前，「打排球」

也不是那種單純興趣使然或普通的校隊、系隊。他是高中排球聯賽甲級的選手，高中三年學校幾乎年年打進決賽圈，甚至還有抱回獎盃過。這是職業選手才會有的養成之路。

在這條路上，宣和大多數人一樣，在高中畢業前，拿到了某幾間大學的體育績優生資格。沒有意外的話，下一站就是大專排球聯賽，然後可能是企業排球聯賽，更厲害一點還有中華隊U18、U20、成人國家隊。他的每一個高中同學，沒有懸念地，都選擇了這樣版本的人生。這種人生未必一輩子與排球為伍，但至少十幾歲後半、二十幾歲出頭，一生體力最好、夢想也最為明確的時刻，都會繼續待在球場上。

而志願役一簽是四年，簽下去每個月固然有穩定的薪水，續約滿五次，滿二十年退伍，除了一大筆退伍金，還會有退休俸。這些召募內容，從入伍那天起就會反覆耳聞，我甚至覺得每個當過兵的人，不論退伍多久，都還是能夠倒背如流。可是對宣這樣年紀的人來說，錢再多、生活再穩定，就是拿全部的青春，還有一生只有一次作夢的機會去交換。

我問他怎麼會做這樣的決定。他說自己身高只有一百八十五，可是打的位置是攔中，打這個位置如果沒有一百九十或兩百公分以上，在往後更高等級的比賽，很難生存下去。

我問他那沒有考慮改練另一個位置嗎。他說甲級聯賽的每個人，都是從小就打同一個位置，然後苦練五年、十年上來的，很難說換就換，更何況他接觸排球比其他許多人來得晚。他國中才進入體育班接受正規訓練。

我又問他，那簽志願役怎麼會選擇憲兵，你不知道憲兵隊其實比其他很多單位辛苦嗎。他笑著說，還好啦，作息和以前在球隊差不多啊。選這個單位，是因為有大好多屆的學長，大學畢業後，也是去當憲兵，不在我們隊上，但已經升士官了。

「學長跟我說，如果不能打一輩子的話，那不如早點想之後要幹嘛。」

「他說，要進來，愈早當然是愈好。」

食堂人漸漸散去，但我們兩個人餐盤裡的食物幾乎都還沒什麼動。宣講了好多，我也還有許多想和他說，比如：現在過得快樂嗎、和以前的同學還有沒有聯絡、家裡支持你的決定嗎……，但感覺真的這樣問起，又太隱私了，不甚禮貌，不要主動開口比較好。

我只能再次拿起筷子，捧起飯碗，加速動作趕緊用餐。從眼角餘光瞥到，宣一直是等到我繼續吃起飯，碗筷才上手。那個剎那我意識到，他是認認真真把我當作學長在對待的，沒有區分什麼志願役或義務役；而我其實比他大了將近十歲，可此刻坐在一起，一時也分不出來比較成熟、理解這個世界比較多的人到底是誰。

*

要我在十八歲做出一個必須犧牲一切的決定，那個「一切」可能是生活、可能是朋友，也可能是作夢的權利或對未來的想像，我肯定是做不到。

飯後我和宣去營區內的超商晃了一圈，然後走回寢室，各自準備等等的晚點名。每天這段時間是當兵最快樂的時光。路上我們沒有再講排球，換成宣問我大學生活長什麼樣，還有畢業後在外面工作又是什麼樣。

營區入夜後，寬闊的路上只有地面有照明，半山腰的電塔紅燈閃爍著，又明又滅，頻率固定。彷彿機場跑道，我們胸口確實也掛著「中華民國空軍」的軍種名牌，但宣也好、我也好，我們都是與飛行無關的那群。安穩的意思就是沒有起落。而沒有起落，其實也就意味著不會飛得更高、飛得更遠。

宣自嘲地對我說，說不定自己很快就會後悔了，但還要撐四年。我沒有做過這麼重大的選擇，只能踮起腳尖拍了他的背，和他說，「你很勇敢」。

勇敢是自己能夠帶給自己最盛重、也最實用的祝福。

當兵前上網看了許多心得文，內容最後大抵總歸一句話：國軍會讓人看不起不是沒有原因的，既然不能改變，只好把它視為人生體驗，才不會那麼難受。我也真的把入伍四個月當作男校、當作夏令營，能夠學點新東西，就加減學，能夠與人交心，那也不要排斥。一輩子就這麼一次。或者更精準來說，一輩子認識另一個陌生的人，很可能機會都只有一次。

退伍後，偶而再回想起聊過了天、可能算得上交了點心的那幾個志願役軍人，不免感覺遙遠，但同時又覺得無比真實。那個真實感來自於我們曾經待在同一個時空裡，一起做過差不多的事，現在我不在那裡了，但遠遠地默默地我知道，你還在原地安分而且堅持。

我說的不只是宣。

憲兵隊的中士班長L身高高、皮膚白，講話溫柔又客氣，做事任勞任怨。常常輪到他休假了，卻還是見到他留在營區，擔下一些沒人想做的雜事，或收拾別人出的包。他是極少數年紀和我相當的士官，大學畢業簽下志願役因為要幫家裡還債。大家問他有交往對象嗎，他大方說自己母胎單身，「因為知道自己家裡的狀況，所以在好轉之前，不敢去耽誤另一個人的人生。」

隊上另一個上士班長G，算是和我們義務役感情最要好的幹部，比我小兩歲，從小唸體育班、練田徑。和宣一樣，得到體育大學的錄取通知後，花了幾天的時間決定放棄，搭上開往成功嶺新訓的列車，一轉眼到現在八年了。問他這些年得到了什麼，他說，分擔了妹妹從小到大的學費，八年過去，剛好比他小八歲的妹妹準備要高中畢業了。我要退伍前夕，正好是十二月、一月，高中生在準備繁星推薦申請大學，每天就寢前他和我們一起坐在樓頂的天臺；不抽菸的他，問著我們這群面試過、申請過大學的義務役，該準備些什麼、要怎麼樣才會討大學教授的喜。

還有我在嘉義新訓中心遇到的下士班長H，才剛滿二十歲，升上士官幾個月而已。我入伍前幾週，H班長帶的一群新兵在鑑測慢跑三千公尺時，大打了一場群架，鬧得新聞版面到處都是。但最後下手打架的人、助勢吆喝的人，通通被檢察官不起訴處分，不痛不癢。H班長知道我是法官後，趁著新兵排隊健檢的空檔，主動和我搭了話：為什麼他們明明真的有傷害，也有妨害秩序，但卻可以安全下莊？

短暫的閒聊裡，我發現H班長不過就是隨口問問，對於打架的人是不是真的有受到懲罰，他沒有不滿，也沒有太多怨言。和我搭話，比較像是找個話題、個別關照一下每一個新兵，如此而已。他輕描淡寫地對我說，其實群架發生的那一天，剛好輪到他排休，他根本不在場。他回去老家和爸媽逛Costco，突然間就被勒令緊急收假，立刻回來營區，回來後被記了兩支申誡。

我問他，這樣有什麼影響嗎？他聳聳肩，表示不知道，「大概年終獎金沒有了這樣吧。以後升遷會不會影響，也只能以後再看看。」然後便換成他反過來關心我，問我入伍後還適應嗎、有沒有交到朋友……。也沒等我回答，他就自顧自地繼續說，他覺得當兵沒意義的地方確實很多，如果沒認識一兩個要好的人，一定會感覺更痛苦。

我本來以為H班長要和部隊裡的其他長官一樣，不分年紀、學歷、家庭狀況、生活背景……，開始洗腦每一個義務役，不要覺得浪費時間，當兵是要給大家交朋友、建立人脈的云云。結果並不是。

他講了一件讓我至今都沒有忘記，每次、每次回想起來，都不禁質問自己「我也能夠這麼善良嗎」的事情。

*

退伍隔天，我就從部隊回到了法庭。

在法庭上見到了更多和宣一樣、或和H班長差不多年紀的人。那些人，每十個人之中，大概有八、九個是詐騙集團的幹部或車手。

卷宗裡面常有警察調閱的路口監視器畫面：不到二十歲的人，搭著新車要價五六百萬以上的保時捷、賓士AMG、海神三叉戟，抵達指定地點，收了錢，然後換另一臺豪車過來把人接走。

H班長說他會簽下志願役，最初就是因為喜歡車子、想要有錢買車改車。進到部隊後，一開始也就低調度日、盡量存錢，但過程裡還是認識了許多同樣對車子有興趣的學長。因為有相同的嗜好，所以雖然不擅長社交或攀關係，還是備受照顧。

「所以我自己當上班長後，就會特別注意自己帶的班兵，有沒有人落單。」他說。

「結果就發現了其中某一個，可能有閱讀障礙吧，所以入伍後要他背歌詞、背步槍分解結合的報告詞，通通背不好。一個人背不好，士官長、連長驗收的時候，就會連累整個班的人。」

「好像因為這樣，大家都會排擠他。我就在想，有沒有什麼方式可以改變這狀況。新訓時間雖然不長，但繼續這樣下去，我擔心他分發下部隊後被霸凌。」

那你做了什麼？我問道。

H班長接著說：「觀察幾天後，我發現他超會摺棉被還有蚊帳的。你們不是通常都兩個人合力一起摺嗎？他不是，他就靠自己一個人而已。」

「所以我就利用某一天早點名結束後的空檔，把我們班的人都叫上寢室，和大家說，你們摺得真的有夠爛，再這樣下去，還想榮譽假咧，想都別想。」

「可是同時也和他們說，唯一摺得能看的只有那個誰誰誰。你們自己去問他怎麼摺的，學不會就他一個人放夭八，其他人星期五晚上摺到會、摺到好為止。班長多的是陪你各位的時間。」

我追問，然後他就交到朋友了？

「這我不敢說啦。但至少他和班上的人關係好很多，我也只能做到這樣而已。」

「摺棉被、摺蚊帳我還是第一次知道有這樣的功用，不然你真以為班長喜歡挑剔你們喔，還不是長官愛看而已……。」

我總是在開庭的時候，想到H班長說著這件事，略顯得意、但又不敢張揚的表情。

詐騙集團的少年幹部、少年車手，不管有沒有聘請律師，清一色都會在最後量刑辯論的時候，低聲下氣地表示自己只是缺錢、只是想要分擔家計，才會這麼做，請法官考慮自己還很年輕、沒有什麼前科，給一個機會，從輕量刑並給予緩刑，一定會重新好好做人……。

我願意相信缺錢、分擔家計這種理由是真的，或至少是其中的原因之一。可是同樣年齡的人，同樣需要錢的人，有人能夠做出一個完全不同的選擇，那也是真的。

有時我會忍不住在聽完少年詐團的答辯後，冷冷補問一句：當過兵了嗎？

案發那個晚上，當你假冒檢察官、假冒調查官，搭著車去收一次錢，然後回來就可以抽成好幾萬塊的時候，和你同樣年紀的某個人，可能正在補眠。

因為幾個小時以後，半夜兩點或半夜四點，不管雨下多大、或不管寒流來有多冷，他都得要起床離開被窩。他得全副武裝，只有鋼盔擋雨、防彈衣保暖，然後站在沒有一盞燈的夜裡，一動也不能動。

這樣的日子無限循環反覆，每個月五號，才能領到一次你一個晚上抽成就拿到的錢。

你摸著良心，這樣公平嗎？告訴我、告訴檢察官，還有告訴這個世界，要怎麼樣才會公平呢？最後這樣的問題我不會問出口，但是會寫在判決書裡。一邊寫，一邊會想到宣、想到H班長在我面前瞇著眼咯咯笑。想著宣過得好不好，而H班長少了年終獎金，他的二十年老本田是不是要撐更久一點才能換掉。

還有想到他們問我，法官的工作聽起來好累，你自己覺得有意義嗎？

雖然大概是沒什麼機會再見到他們了，但現在我會這樣回答：沒有一份正經的工作是不累的。我們和你們一樣，都只是為了讓善良付出、努力工作的臺灣人能夠活得安穩，偶而感覺到安慰。即便沒有被感謝、沒有被察覺，也沒有一點關係。

你在暗中守護我 23

「提示偵查筆錄最後一頁與第二分局手機蒐證截圖。你剛剛和檢察官說自己只有用三個匿名帳號恐嚇被害人，沒有其他帳號了，但這與警察扣押並檢視你手機後的結果不符，為什麼要欺騙檢察官？」

「林先生我再說一次，如同一開始權利告知和你說的，你有權可以保持緘默。但你講話也好、沉默也好，都會被法院納入參考。你要和律師討論後再決定也可以。」

「沒有要回答嗎？好，沒關係，書記官筆錄幫我打『沉默不語』。我們下一個問題。」

「提示偵卷內的基地臺位置紀錄。案發當天你在臺中的最後一個位置是臺灣大道一段一號，這是臺中車站的地址，代表你是搭火車離開臺中的，與你之前所述都不符，有何意見？」

深夜地下室的聲押庭裡，被告針對一連串的關鍵問題都選擇了不回答，所以一時聽起來，就像我一個人自言自語。

但突然有個低頻的噪音打破了這種狀態。那聲音急促到讓人隱隱感覺威脅，是從被告席的桌上傳來的。法庭裡所有人立刻提高了警覺，法警默默從腰際解下手銬，往被告更靠近了一些。

好險不到一秒鐘的時間，大家就發現了那是律師的手機在震動。只是震動有點太不尋常了，不像是收到訊息或來電。

還沒鬆口氣，書記官的手機、我的手機也開始一起震動。

---

23 文中提及之個案業經檢察官起訴，並經法院一審判決。判決內容於網路為公開，因此並無違反偵查不公開相關規定之疑慮；本文亦如同判決內容，將被害人身分完全去識別化。

接著連整個地下室也震動了起來。

而且愈震愈大。

「法官諭知，現在時間半夜兩點二十二分，發生地震。暫休庭，請大家自行尋找掩蔽或以其他任何方式保護自己。」

諭知歸諭知，我一時自己也太緊張了，沒有起身離開法庭。

事實上離開法庭好像也沒哪裡可去，走出去就是地下停車場，距離外頭還有很大一段距離。

書記官也沒有離開或就地躲避。我坐在位置上看著他敬業地把我說的話繼續打在筆錄上。

直到地震漸小、慢慢停下。當搖晃的錯覺感也稍微遠去，書記官才轉頭看向我，問我能不能去洗手間。我和他說，當然可以，我們都休息一下吧。

然後我才走出法庭，經過地下停車場，感應識別證上樓。

穿越一片漆黑、只有逃生綠光指引的走廊，往洗手間走去。在那一瞬間，我第一次意識到了，因為身上這件法袍，現在、此刻暗中的自己，也已經成為另外某個人或某些人，所不得不暫時交出信任的對象。

我說的不只是在法庭裡堅守崗位的書記官或法警，還有這個晚上不在場，遠在臺中的被害人。

被害人應該已經知道被告被檢察官拘提到案了，警察有通知她。年紀和我相仿的她，今天晚上有好好睡覺了嗎？有沒有被這場大地震給震醒？如果醒來的話，一切都還好嗎……。

通常開庭當下，我不會想這麼多的。畢竟每個遭遇傷害的人，要怎麼努力回到原來的生活，最後都是屬於自己的難題，法院頂多只能關心，但沒有辦法給予實質幫助。更何況現在只是偵查階段的聲請羈押，距離結案還有點遙遠。

冷靜一點、抽離一點看事情，才會真的對案子有幫助。地震發生前，我也是這樣鋪陳問題、逐一訊問被告的。

但休庭後，在一個人的洗手間裡，我開始感受到自己的心臟不聽使喚地怦跳。那種胸口被明顯來回撞擊的感覺，會讓人誤以為是餘震降臨。「心存餘悸」原來就是這個意思。

我很清楚原因是為什麼，但一時要解釋也說不明白。和地震有關，也和地震無關。只能告訴自己：聲押庭還沒結束。拜託，要回到一開始的狀態，沉著、精準，然後迅速，不要讓書記官超過半夜三點還回不了家。

*

「我會讓妳的朋友都知道妳在外面給人幹免錢的。」

接著，林先生便創了無數小帳號，逐一私訊被害人在Instagram上的每個好友。收到私訊的友人，有些已讀、有些封鎖，也有些比較心急又有正義感的，就在對話框和林先生吵了起來。

「妳最好自己和妳爸妳媽解釋妳做了什麼下流的事，不說也沒關係，我幫妳說而已。」

然後，林先生又創了匿名帳號，從臉書找到了被害人的爸爸。本來在臉書活躍的爸爸，在收到訊息後，可能不知道怎麼封鎖對方，索性從此不再轉貼或發文。

「全世界都應該知道妳噁心的一面。」

被害人可能沒想到，一直躲在鍵盤後面的林先生真的會付諸行動。他南下到了臺中，在大半夜把自己製作的傳單，一一塞進被害人鄰居們的信箱。路口監視器拍到有個人拿著一疊紙走過，但林先生矢口否認那是他。而林先生不過就是在被害人上班的酒吧，和被害人有過一面之緣的客人。

現在時間凌晨兩點三十五分，法官諭知復庭。

我深吸一口氣，開始收尾：「對於檢察官聲請羈押，有什麼意見？如果不知道怎麼說，也可以讓律師表示就好。」

書記官的電腦游標停在問號處閃爍著。

大部分這種時候，所有人都會果斷地選擇讓律師辯護。但林先生沒有。他久違地發出聲音，同時也抬起頭看向法臺。

「我覺得我不符合羈押的要件。」

「好。請繼續說，書記官都有在打。」我回應道。同時再一次提醒了他，不知道怎麼表達，隨時可以換成律師來幫你。

但這提醒似乎多餘了。林先生滿口法律用詞，開始了他的辯解。羈押原因、羈押必要，具保責付、限制住居。

我轉著手中的原子筆，同時又讀了一次羈押聲請書。檢察官最後一句寫道：如鈞院認無羈押必要，則亦請依跟蹤騷擾防制法第五條第二項核發保護令。

心跳緩和下來以後，我意識到了這句話真正可能的意思。恐嚇、加重誹謗[24]、違反跟騷法。林先生涉犯的這些罪名，都是相對來說很輕微的罪。

檢察官一定也有意識到這件事。所以聲請書的最後一句並沒有字面上那麼簡單。

那句話看起來冰冷，但其實是溫柔的喊話。檢察官或許要說的是：我知道這件事可能對某些人來說沒什麼大不了，這沒有對錯，價值觀本來就是因人成長經歷而異；但如果林先生所做的一切，在這個晚上，終究過不了你心裡羈押比例原則那一關，那也不要就因此忘記了被害人。

被害人就在這個黑夜裡等待著我們。

我放下了筆，抬起頭，林先生的辯解還在繼續著。

我感覺他說出來的每一個字、每一個字，都好像往遠處丟擲出碎石子。石頭越過我記憶的海，最後回來到此刻，在書記官的電腦螢幕上，接二連三地留下漣漪或波瀾。

而我記憶裡的海，就是安平的海。一時間好想知道，那個坐在有海的窗戶旁邊，讓我等待過、然後也給我守護過的大人，如果是他，會在這個晚上做出什麼樣的決定。

*

我在二〇二二年秋天某個下午，第一次推開門，走進了那個「大人」的辦

---

24 指藉由散布文字或圖畫的方式進行誹謗行為，見刑法第三百一十條第二項。

公室。

他是庭長，也是我在臺南地院實習的時候，負責打理學官[25]一切瑣事的生活導師。

這是諮商心理師建議我這麼做的，為了這一刻，還有為了接下來要脫口而出的說詞，我可能在心裡已經預先揣摩了幾十遍、幾百遍。

我要和庭長說的是，我被騷擾也被恐嚇了。對方不知道是誰，而且已經持續了好一段時間。

那些恐嚇或騷擾的訊息會在大半夜發出，然後在天亮以後全部收回。

一開始只是指責私生活，反正完全與現實狀況不符，甚至一點邊也搭不上，我也就只是封鎖。但後來同一個人不斷創建新的人頭帳號，開始講一些私生活以外、足以威脅到工作的事。

庭長看到我進來以後，和我說不要這麼拘謹，坐下來就好。

我說了一聲「老師謝謝」。感覺到自己聲音微微發抖，握著手機的右手也是。在手機裡面，我開了一個上鎖的相簿，解開以後，就會是一張張收到的訊息截圖。

「我要向司法官學院檢舉你在文章裡假冒法官，讓臺南地院和臺南地檢的人全都知道這件事。」

「不要以為你可以繼續作威作福寫你的文章。」

諸如此類的內容。

訊息我一封封給諮商師看過，他問我：你沒有打算要報警嗎？

我搖搖頭。我太清楚如果真的報警提告會怎麼樣了。人不一定找得到，但會搞得臺南地院和臺南地檢的大家都因此知道，最後傳回臺北的司法官學院那裡，倒是真的。相較於恐嚇或跟騷這樣實質上可能不痛不癢的罪名，最後受到傷害比較大的，幾乎肯定是我。

我不知道自己身處的這個體制會不會覺得沒什麼大不了，不過是我小題大

---

25 全稱為「學習司法官」，為法官、檢察官正式分發前作為實習生的稱呼。學官統一隸屬法務部司法官學院，不屬於任何一個法院檢察署，也不具有公務員身分。

作；也不知道會不會被認為是一個巴掌拍不響，事出必有因、無風不起浪。畢竟、畢竟，從那些騷擾訊息看來，要解決這一切好像並不困難。就像剛進入司法官學院時，我們每個人都被反覆耳提面命的那樣——你的身分和昨天不同了，很多不適合這份工作的事情，現在就要把它丟掉。

把寫作丟掉就好了。從此那些騷擾或恐嚇都會失效。如果只是想寫東西的話，以後寫判決、寫裁定，寫起訴書、不起訴處分書，每天要產出的文字還會少嗎？投什麼稿寫什麼散文……。

這些事大概發生在我去了臺南半年之後，那時候我已經結束了在刑事庭的實習，換到了民事庭。我真的嘗試遠離寫作，首先把所有社群軟體關掉，包含陪著自己出第一本書、一路留下生活紀錄的文字帳號。生活裡只剩下寫判決。可是與此同時，不知道為什麼，判決也愈寫愈糟。

民事庭老師在看了我好幾篇低端錯誤百出的擬作判決後，慎重地告訴我：法官是最需要細心的，可是你沒有。

你這樣還不夠格。

這樣我會很擔心你。

跟你說過好幾次了。

被點出來第一次會覺得是包容，第二次會感覺到變成忍耐。那第三次呢？

我在第三次的時候，回到身心科的診間問醫生：抗焦慮的藥物，劑量可不可以調整？我上班好像不夠專心。還有，我走進了庭長的辦公室。

坐下以後，我把手機相簿解鎖，遞給了庭長。庭長禮貌地問我，可以滑嗎？我說當然可以，不過有點多，不好意思這樣耽誤老師的時間……。而庭長也沒再多說什麼，他低下頭，便開始端詳一張一張截圖。

我不敢直視他的表情或動作，只是靜靜等待回覆。

西曬的陽光像洩洪一樣從辦公室窗戶進入。雙眼暴露在逆光的環境久了以後，瞳孔不知道如何調節，反而會漸感昏暗。可是手心和臉頰又切切實實地發燙著。

分明時間不長，盯著手錶，秒針不過繞個兩三圈，卻感覺好久、好久。

終於庭長熄滅了手機螢幕。他抬頭看向我，一連問了幾個問題。第一個是：

最近還有收到其他訊息嗎？第二個則是：現在一切都還好嗎？

還有第三個。他說的是，你辛苦了，有沒有需要讓學院[26]了解狀況？

「如果你覺得需要的話，我出面幫你解釋。不要害怕。」

＊

如果最害怕的事情是工作出問題，那工作上有沒有能夠理解這些事，然後也能夠為你作主的人？

這是諮商師當初的提議。不過其實隨著臺南的日子離我愈來愈遠，我對於諮商過程的很多細節，都漸趨模糊。少數能夠肯定的是，找完庭長後，當我再下一次進到諮商室裡，一開頭我是這麼說的：「我好像真的找到一個那樣的人了。」

庭長那天陪我說話直到天黑，窗外安平港的燈杆與起重機安靜發亮，標示出海的邊界與範圍。要離開前，他跟我說，還有什麼想說的、今天來不及說的，隨時可以再過來。不要自己一個人悶著。

「不要客氣，隨時再來」。這種話通常是客套，但看到庭長又是揮著手、又是篤定地望著我，我也就此把它當真了。在接下來的日子，直到離開法院換去地檢署實習前，每當焦慮的生理反應出現、回去宿舍躲起來的念頭無法遏止的時候，我就會上樓敲開庭長辦公室的門。

庭長當然不會閒閒沒事無時無刻待在辦公室裡。可是當他在的時候，他幾乎就會把整個午後時光留給我，一邊聽我說話，一邊問我要不要吃這個、喝那個。「傾聽」如果存在一個比較級的詞彙，那應該就是「理解」；而如果比「理解」還更高級的話，我會說，是「保護」。被保護時，不論對方是誰，你會敢於放心地直視他的眼神。當我不再是頭低低地、怯怯地坐在庭長面前以後，我發現窗邊座位的他，正好會把刺眼而西斜的太陽擋住。這種時候，視野便不會過曝，而只是單純的明亮。外頭天空的藍、海水的藍，都因此清晰可見。

26 司法官學院的簡稱。

而騷擾和恐嚇還是沒有消失，即便我已經關閉了所有社群軟體，只留下Messenger和LINE與身邊的人維持必要聯繫。但也因為Messenger和Instagram整合在了一塊，經過繁複的交叉比對，我找到了不斷傳出訊息的人究竟是誰。而且所謂「找到」，不只是單純依靠推理，還有手握令人無法反駁的證據。甚至我能夠無數次重現自己的證明過程。

知道「真相」的那個下午，第一時間，我自然是去庭長辦公室報到。

騷擾我的人，是某個讀者。

我和他，只有在某一次公開座談的場合見過面。

庭長問我，這樣有安心一點了嗎？我不知道該點頭還是搖頭。「因為……，知道是誰做的以後，心裡反而有更多疑惑了。」我誠實地說，「我不懂為什麼要這樣對我，明明……，明明他是一個一直說有多喜歡、多喜歡我的書，我的書對他而言有多重要的人。」

庭長沒有立刻回應我，他轉過身，從架子上抽了個東西出來。就是我的書。他拿在手裡翻來翻去，接著才開口：「我也很喜歡啊。很羨慕你的單純，可是讀的時候，另一方面也會擔心你受到很多傷害。」

「這世界、這工作，有很多地方和你想像的是不一樣的。」

「我不會和你說『醒醒吧、不要這麼傻又這麼天真』這種話，但也不會真的想要看到你們任何一個人踢到鐵板或嚐到苦頭。」

「當老師能做的，就只有看著你，然後讓你用自己的方式去認識這個世界。頂多在你危險的時候出現在你身邊、把你拉住這樣。」

庭長說著說著，把書攤開到了扉頁，遞來給我簽字筆。同時他又改口說道：

「也不能說自己是老師啦。我不過就是比你們早開始工作幾年而已，但不知道、不明白的地方，一直還是很多。」

「就像你的疑惑，我也一直都有。你真的分發以後，卷宗封面寫著你的名字、你要面對形形色色的人，可能也就要和這樣的困惑一輩子共存下去。」

「聽起來好像很沉重對不對？所以呢，我希望的是，我們都能讓工作以外的生活好過點。」

「不要覺得占用我的時間很抱歉。我知道這些事對你來說很重要，可是對我來說也是。」

庭長看著我，堅定卻又親人的眼神，打從我第一次進到他辦公室時起，便始終如一。

我接過簽字筆，本來想要在書上留個句子，但想來想去，好像怎麼樣都比不上他對我說過的話。到頭來只能一筆一畫，慢慢地、用力地寫下自己的名字。

如果沒有那些話、沒有那些午後，不知道現在的我會是什麼樣子。直到今天，我對安平的海都還是抱著一種特殊的情感，且那不是單純因為久住久待所能建立或複製而來。像是找到了、擁有了一個可以靠岸的碼頭。岸邊還是有碎浪有暗流，可是船隻泊好、錨繩拴好之後，遠遠看去，也終將如同平靜無波。

*

車子離開法院，上了交流道，時間顯示的是凌晨三點十分，大概還有半個小時才會到家。有些人難免問我，這樣值完班開完庭，深夜開車回去會不會精神不濟。我的答案是，那反而是當天精神最好的時候。羈押也好、交保或無保請回也好，我都會忍不住反覆回想剛才的決定，不停問自己，剛剛諭知的內容有沒有哪裡不夠周到。

當林先生看到押票真的放在自己眼前，必須按下指印時，低聲下氣地問道：「法官，我可以再問最後一個問題嗎？」

法院指派的辯護律師本來作勢要打斷他，和他說，開庭結束了，有什麼等提起抗告或聲請具保停押的時候再講。但我示意沒關係，「可以，你請說。」

「那我本來明天公司排的班要怎麼辦？」

「你趁現在跟律師講你的公司名稱還有聯絡方式，請律師幫你向公司說明。」這是公式般地回應。

幾近空曠的高速公路上，我一直想到法庭裡最後這樣的問答。林先生在警詢筆錄留下的個人職業是物流司機，他的提問，其實我在開庭過程中，就已經想到了。羈押幾乎代表他會失去這份工作。說內心沒有任何一點猶豫或遲疑，那是不可能的。

同理一個真真實實出現在自己眼前的人可能沒那麼困難。但是，要同理一個遠在他處、只不過在卷宗堆裡或筆錄紙上出現的名字，就有其不容易的地方。因為不容易，所以珍貴。如果沒有類似的經驗，我能夠如此嗎？而我們又有哪個誰，能夠擁有這世界上其他任何一個人全部的經歷？顯然不可能的吧。那這樣往後要怎麼面對各式各樣的案件與人生才好……？

遠光燈往前探向夜的最深處。輪胎經過一個又一個伸縮縫而起起伏伏時，我也跳躍地冒出這些念頭。

有過什麼經驗固然重要，但更重要的好像是，遇見過了什麼樣的大人。因為想要變成那樣的大人，冥冥之中就將得到某些能力、學會某些事情。

我在飛速行駛的沿途暫時得出了如此結論。

「不要害怕」、「我會幫你」、「你很重要」。曾經在諮商室或辦公室裡一直努力表現鎮定又堅強的我，想起庭長說過的這些話，於此刻一片黑暗之中，竟如釋重負地想要淚流。

後記
恆星一樣的大人

成為法官以後，生活有了翻天覆地的改變。首先，大多數做這一份工作的人，是沒辦法如自己所願選擇上班地點的，所以我開始了每天來回總共九十公里的通勤之路。接下來就是無止境的身心交戰，要羈押還是交保、要不要減刑緩刑，被告固然有值得同情理解的地方，但如果站在被害人的角度去想，肯定會有同等的憤怒或遺憾……；每天每天過度投入、用情至深，坐困在某些案子某些人身上，經常就會從午寐之中、或者在假日清晨距離鬧鐘響起還很久的時候，惶惶起身，清醒至極，再難入睡。可是如果不是這樣度日，又會覺得不夠負責任，難以真正心安理得。

與此同時，伴隨而來的是生活不甚規律。書記官忽然抱著綁紅繩的卷宗走來，意味著收到在押的人犯起訴移審，當日要立刻處理面對，午餐午休的時間全部泡湯，全數拿來閱卷都還不一定夠。然後下午庭一開，一旦遇到陣容豪華的律師團，一次又不只一個被告，坐在法庭上的時間可能堪比半趟越洋航線，日夜因此不明，而且自然是沒有供餐。

不過以上這些，我很快就習慣了，而且至此沒有太多怨言。有領錢就要承擔相應的責任，天經地義；我也樂於在還年輕、體力還堪負荷的時候，把自己帶往更遠的地方去。像是身處大家都在倒頭沉睡、或者都在埋首用餐的航班，靠窗一個人，不動聲色掀開機艙的遮光板，從一點點縫隙中，看見從未有過的風景。

真正讓我不習慣的是，上班時，因為有法官這個職稱，身邊的人給了我似乎超乎我應得的尊重或禮遇。比如接連手殘弄壞了兩臺光碟機，同時又失手把辦公室裡的時鐘摔爛，但總務科或資訊室的人過來卻頻頻對我說沒關係，很抱歉耽誤法官您，我們會立刻幫您換一個新的。又比如退伍後遲遲沒有繳交退伍令的影本，人事室幾次打電話來，「忘記帶」雖然是事實，但作為理由講了兩三次不免自己都感到尷尬，人事室卻還是耐心無限地回應道，法官真的很不好意思打擾您，我們知道您很忙，有記得的時候再撥分機過來，我們這裡請人過去和您拿就好了。

我的家教從小帶給我的是：你不會因為有付了幾個錢，就變得可以對人予取予求。所以小時候，媽媽會在乎我上下公車的時候，有沒有對司機說謝謝；去學游泳、學桌球的時候，每個月要付錢給教練哥哥或教練姊姊，會在乎我把裝著錢的信封袋遞過去時，是不是用雙手拿著、眼睛是不是看著對方。這些微不足道的小細節或小習慣，我持續到了將近三十歲的現在。而連付錢得到的服務都如此慎重以對，更何況是一些別人無償付出心力、勞力的東西。

可是我也有感受到，工作和生活是兩回事。在法院裡，即便很多事情我嘗試親力親為，與任何人說話都盡量輕鬆以對，不帶壓力又不失禮貌，但備受呵護的狀況、對話中被「您」來「您」去敬稱的狀況，完全沒有減少。要與這些事情共存，或者說，要過著這樣的職場生活，讓我變得焦慮。

焦慮的原因在於，我不知道自己會不會有一天就妥協了、麻痺了，然後從此就把別人額外帶給我的善意視為理所當然。法律的圈子很小，身在其中的我們每個人，多少都聽過一些「鬼故事」，我很害怕不知不覺之中，自己會變成自己不喜歡、卻又沒辦法打倒的大人。

於是吃飯的時候、午睡的時候、放空的時候……，我都在想著自己過去的生命經驗裡，有沒有得到什麼防腐劑一般的指引，足以讓我時時刻刻惦記並保持現在的模樣。我知道這很困難。畢竟，不太可能有哪個人的家庭教育、校園教育，能夠預想到未來職場的狀況，然後給予充分的情境模擬練習；負責養成法官、檢察官的司法官學院就更別指望了，在那棟建築裡，我大概只學會了寫判決，真正分發後，一開始很多時候連公文要批示什麼、章要蓋在哪裡都不確定。

直到退伍後超過半年，我收到了一個河濱公園籃球場打架的案子，一群男大生報隊打球，一言不合直接變成打人。這一聽就不是什麼大不了的案件，早早發了傳票、合法送達，書記官也如常地打電話提醒記得來調解和開庭。結果開庭當天早上，其中一個被告在電話裡對書記官又是問候爹娘、又是人身攻擊，最後嗆明了現在暑假人在機場、準備出國、行程早就安排好了，下午沒辦法來法院。

我的書記官是個年紀比我大一些的姐姐，平日溫溫和和、工作可靠明快，她趕緊跑來告訴我這件事，問我決定怎麼辦，要請他提出請假證明嗎。她一進辦公室，就先翻開了剛製作的公務電話紀錄，什麼都還沒開口，我瞄了一眼紀錄內容，就知道她心裡有多委屈。做事俐落的她，第一次把公務電話紀錄打成像是逐字稿一樣，這是非常耗時耗力的；而看到被告發話的內容，我立刻登入系統查了出入境紀錄，已經出境了。我也是第一次感覺到敲著鍵盤的手因為生氣而發抖。

長長吐了一口氣，我和書記官說，趁他還沒登機回撥給他，給他五天的時間想辦法提出書面證明，傳真或email都可以，解釋不能來開庭卻沒提早講的原因，不然就是依法拘提。書記官語帶哽咽地說了好。

結果被告當然也沒有把我的指示當一回事。拘票按照流程簽發，一個月後，暑假結束前，他被警察拘獲到案。坐在地下室的法庭裡，實在很難想像被法警解開手銬的那個人，和先前出言踐踏書記官自尊的是同一個。因為一眼看上去，他就是大學教室人群裡，安靜上課或滑手機、不會特別引人注意的那種樣子。

在法庭裡見到的一切都可能是假象，進來前與出去後可能各是平行世界。不過就是因為知道自己不會完全看到平行世界的模樣，所以開庭的時候，我雖然會質疑、會追問，但從來沒有動怒或大聲。即便是面對這個惹到書記官的男大生，我也是如此。

但最後諭知交保限制住居前，我還是收起和緩的語氣，嚴正地問他，為什麼之前電話裡要對我的書記官講那些難以入耳的話。

「不是不可以對書記官這樣講話。而是對任何人都不應該這樣。人家也是父母生、父母養的，心也是肉做的，和你一樣都會難受、會心痛。她安安分分地做自己的工作，只是想要安安穩穩過生活、有一口飯吃，你走出法庭那扇門後也會是這樣，那憑什麼對人家這種態度？不用和我說對不起，不是我被你人身攻擊，你要說的話，請你對書記官說。」

男大生真的站起身來向書記官道了歉。是不是真心的我們沒有人會知道，但開完庭後，書記官轉頭過來慎重地對我說：法官，真的謝謝。坐在一旁的庭務員也說道，法官，您最後說的內容好感人。

邊收著東西，我悠悠地回應道：沒有啦，那些都不是我說的。

明明就是從我嘴巴脫口出來的，什麼叫作不是我說的？

我的意思是，那些話都是別人為我說過的。帶上法庭通道的安全門，我意識到，我找到屬於自己的職場指引了。幾年前我還是研究生時，同時擔任指導教授吳從周老師許多門課的助教，其中一堂是臺大法律學分班的課程。法律學分班的學費不便宜，來上課的都是工作上、經濟上多少有所成就的社會人士，那時正值疫情最嚴峻的時候，所有課程都變成線上教學，只有我和老師會來到教室現場，老師就著白板上課，我負責幕後連線直播。

某次上課直播訊號屢屢出現問題，有修課學生忍不住在對話區抱怨我，內容大概是連這種小事都弄不好，能力是不是有問題，學分班怎麼會請這種人當助教。

我看到當然很受傷，而留言的人也馬上被其他同學指責不該這樣，沒多久就和我道歉了。可是老師看到留言後，突然就收起了上課笑鬧輕鬆的態度，嚴肅地對著鏡頭講了好長一段話。那是我唯一一次見到他那麼嚴厲。

老師講的，就是我在法庭上對男大學生所說的內容。我說的你不應該對「書記官」這樣，當時在老師口中，是你不應該對「禎翊」這樣。

從周老師是當過法官的人，那是很久以前的事情了，我沒看過他做法官的樣子，但我看過他對待我的樣子。他是恆星一樣的大人，平時看他和學校的行政人員相處，所有人在他身邊都能笑得開懷、安心，而且自在，彷彿他就只是繁星如織之中的某一個光點，沒有特別的鋒芒或架子；可是真正需要他的能量的時候，靠近他，他會憑自己所能，帶給你一切溫暖和明亮。

我很慶幸成為老師的學生，也很驕傲自己在潛移默化之中，多少學到了他身上最珍貴的東西。好的法官，不只是懂法律的人。如果在工作上大家終究會對我保持敬慎尊重、禮遇不只三分，那我要做的便是和老師一樣，在需要的時候，勇於用自己所擁有的，去承擔責任，去保護別人。

河濱公園籃球場的案子後來很快就結束了，賠錢的賠錢、養傷的養傷、撤告的撤告，還能算得上圓滿。男大學生們沒有一個人留下前科，傷口復原後、暑假結束後，每一個都會繼續回到學校課堂。坐在教室位置上，不特別去講，也不會有外人知道開庭的時候到底發生過什麼狀況。

和他們年紀一樣大的時候，我是行星一樣的少年，靠著反射別人帶給我的光芒，看似閃閃發亮。而此刻我已經不是那樣年紀、能夠再享有那種權利的人了。我想到被學分班學員指責的那天，晚上下課後我一個人走去等公車，經過停車場，發現老師的車發動後卻遲遲留在原地。他一個人在駕駛座，低著頭一直滑著手機。

因為公車快來了，所以我也沒有再上前和老師說掰掰。然後，就在回程的公車上，我收到他傳來了好長好長一封LINE訊息，內容說了滿滿的感謝，謝謝我成為他的助教，同時給了最多的安慰。訊息我一直小心翼翼留著。成為法官讓我看見了大人世界邪惡的一面、道貌岸然的一面，可是也因為真真實實遇見過一些由裡到外很棒的大人，光是想到他們，就少了很多害怕。

二〇二四年九月寫於竹北

國家圖書館出版品預行編目(CIP)資料

你在暗中守護我 / 翁禎翊著. -- 初版. -- 臺北市：遠流出版事業股份有限公司, 2025.01
面； 公分

ISBN 978-626-418-044-3(平裝)

863.55 113018054

你在暗中守護我

作　　者｜翁禎翊

副總編輯｜陳瓊如
校　　對｜魏秋綢
行銷企畫｜林芳如
封面設計｜朱疋
內文排版｜宸遠彩藝工作室

發 行 人｜王榮文
出版發行｜遠流出版事業股份有限公司
地　　址｜104005台北市中山北路一段11號13樓
客服電話｜02-2571-0297
傳　　真｜02-2571-0197
郵　　撥｜0189456-1
著作權顧問｜蕭雄淋律師
初版一刷｜2025年01月01日
ISBN｜978-626-418-044-3
定　　價｜新台幣380元

YLib.com 遠流博識網 http://www.ylib.com
Email: ylib@ylib.com